馬克思主義：後冷戰時代的思索

U0136396

社會與思想叢書

主　編

甘　陽　芝加哥大學社會思想委員會

編輯委員

王漢生　北京大學社會學系

周其仁　加州大學洛杉磯分校歷史學系

崔之元　麻省理工學院政治學系

陳　來　北京大學哲學系

張隆溪　加州大學河濱分校文學系

劉小楓　香港中文大學中國文化研究所

馬克思主義

後冷戰時代的思索

詹明信(Fredric Jameson)著

張京媛　譯

牛津大學出版社

Oxford University Press

1994

Oxford University Press
Oxford   New York
Athens   Auckland   Bangkok   Bombay
Calcutta   Cape Town   Dar es Salaam   Delhi
Florence   Hong Kong   Istanbul   Karachi
Kuala Lumpur   Madras   Madrid   Melbourne
Mexico City   Nairobi   Paris   Singapore
Taipei   Tokyo   Toronto
and associated companies in
Berlin Ibadan
Oxford is a trade mark of Oxford University Press
First published 1994

馬克思主義：後冷戰時代的思索

詹明信(Fredric Jameson)著

張京媛　譯

© 牛津大學出版社 1994
Oxford University Press 1994
香港鰂魚涌英皇道979號太古坊和域大廈十八樓
ISBN 0 19 586778 5

Printed in Hong Kong
Published by Oxford University Press (Hong Kong) Ltd.
18/F Warwick House, Taikoo Place, 979 King's Road, Quarry Bay, Hong Kong

社會與思想叢書緣起

　　歷史悠久的牛津大學出版社從一九九二年起開始出版中文書籍。這或許預示着：中文這一為十多億人所使用的語言文字，在世界文化和學術的發展中將會日益取得其應有的地位。現在，牛津大學出版社又決定出版「社會與思想叢書」，俾更有系統地積累有價值的中文學術著述和譯述，我們希望，這對於中國學術文化的發展，將會起到積極的推動作用。

　　「社會與思想叢書」將首先着重於對中國本土社會與本土思想的經驗研究和理論分析。誠如人們今天已普遍意識到的，晚近十餘年來中國所發生的深刻變革，並非僅僅只是相對於一九四九年以來甚至一九一一年以來而言的變遷，而是意味着：自秦漢以來既已定型的古老農業中國，已經真正開始了其創造性自我轉化的進程。這一歷史巨變已經將一系列重大問題提到了中外學者的眼前，例如，鄉土中國的這一轉化將會為華夏民族帶來甚麼樣的新的基層生活共同體？甚麼樣的日常生活結構？甚麼樣的文化表達和交往形式？甚麼樣的政治組織方式和社會經濟網絡？所有這些都歷史性地構成了「中國現代性」的基本課題，同時恰恰也就提供了「中國傳統性」再獲新生的歷史契機。可以說，當代中國的這一歷史變革已經為中國當代學術文化的突破性發展提供了充分的歷史可能與堅定的經驗基礎，因為它一方面使人們已能立足於今日的經驗去思考中國的未來，同時也已為人們提供了全新的視野去再度重新認識中國的歷史、中國的文明、中國的傳統性。有鑒於此，本叢書將不僅強調對當代中國的研究，同時亦重視對中國歷史的研究，以張大「中國現代性」的歷史文化資源。

社會與思想叢書緣起

　　「社會與思想叢書」的另一方面則是同時注重對西方社會與思想，以及其它非西方社會與思想的研究。如果說，晚近十餘年來的中國變革標誌着「中國現代性」的真正歷史出場，那麼，七十年代以來西方最引人注目的現象無疑莫過於對「西方現代性」歷史形成的全面重新檢討：在經濟領域，所謂「福特式大生產方式」的危機不僅促發對「後福特時代生產」的思考，而且首先迫使人們重新檢討「福特式生產」的歷史成因及內在闕失；在政治領域，西方現存體制與民權運動以來民主發展的尖銳張力，已重新激發西方近代以來「自由主義 v.s. 共和主義（Republicanism）」這一基本辯論；在文化領域，形形色色的後現代主義不但已全面動搖近代西方苦心營構的文化秩序和價值等級，而且更進而對「西方傳統性」本身發起了全面的批判。所有這些都提醒人們：自上世紀末以來一直在學習西方的中國人，今天已不能不同樣全面重新檢討中國人以往對西方的理解和認識。因此，本叢書將不僅包括對當代西方的研究，而且更強調對西方歷史傳統的重新認識，特別是西方傳統內在差異性的研究。

　　本叢書定名為「社會與思想」，自然表達了一種期望，即：對社會制度層面的研究與對思想意識層面的研究，應該日益結合而不是互不相干。從學科的角度講，亦即希望社會科學領域的研究與人文及哲學領域的研究，能夠相互滲透，相互促進。通過多學科的合作與跨學科的研究去深入認識中西現代性與中西傳統性，以往那種僵硬的「傳統 v.s. 現代」、「中國 v.s. 西方」的二元對立思維方式或將會真正打破，代之而起的是人類對傳統與現代、東方與西方的同等尊重和相互理解。中文學術世界為此任重而道遠！

甘　陽

一九九三年十月

目錄

譯者緒言　　　　　　　　　　　　　　　　　ix

世界新秩序　　　　　　　　　　　　　　　　1

現代主義與帝國主義　　　　　　　　　　　　21

馬克思主義與歷史主義　　　　　　　　　　　45

處於跨國資本主義時代中的第三世界文學　　　87

譯者緒言

　　弗雷德里克・詹明信(Fredric Jameson)是美國著名的馬克思主義文學批評理論家。他生於一九三四年，年值二十五歲便獲耶魯大學文學博士學位，歷任哈佛大學、加州聖地亞哥大學、耶魯大學、加州桑塔克魯斯大學的教授，現為杜克大學羅曼語系教授、文學研究院院長和理論研究中心的主任。詹明信任教數十年，思維敏銳、勤筆耕耘，主要著作包括：《語言的囚獄》(*The Prison House of Language*, 1972)、《政治潛意識》(*The Political Unconscious*, 1981)、《理論的意識形態》(*The Ideologies of Theory: Essays 1971–1986*, 1988)、《後現代主義/後期資本主義的文化邏輯》(*Postmodernism, or the Cultural Logic of Late Capitalism*, 1990)、《地理政治的美學/世界體系中的電影與空間》(1992)。一些論文和著作被譯成十幾種文字。詹明信曾幾次到過中國大陸和台灣，他在中國大陸的講演錄已有中文版（唐小兵譯《後現代主義和文化理論》）。

　　本譯文集收錄了詹明信的四篇論文：《世界新秩序》(1991)、《現代主義與帝國主義》(1990)、《馬克思主義與歷史主義》(1979)、《處於跨國資本主義時代中的第三世界文學》(1986)，從不同的方面表達了詹明信對馬克思主義的看法。在九十年代，蘇聯解體、柏林牆被推翻，世界格局發生了大變革。失去了符「指路明燈」，許多西方社會主義者開始動搖徘徊，不知所措，處於極度震驚的狀態。《世界新秩序》正寫於這個時期。作為一個馬克思主義者，詹明信看到文化帝國主義以新的形式捲土重來，他質疑民族主義的「文化自主」的可行

性，堅持尼采式的信念，即深刻的悲觀是真正力量的來源。局勢的變化改變不了他對資本主義所持的根本批判的態度。在《現代主義與帝國主義》一文中，詹明信試圖從形式主義的角度來探討現代主義與帝國主義之間的關係。批評家一般認為現代主義推崇獨立藝術的最高價值，反對現實主義的描寫手法，由外轉向內，採納心理主義美學。現代主義文學是盧卡契一類的馬克思主義文學批評家所不能理解和反對的。而詹明信卻主張要研究那些幾乎不涉及帝國主義的文本和客體、那些似乎沒有具體的政治內容的現代主義文本，假定規範的現代主義「風格」的出現和新帝國世界體系的表述困境之間是有聯繫的，從而揭示出現代主義的歷史特殊性。《馬克思主義與歷史主義》是詹明信的一篇較早期的文章，有系統地歸納了四種解決歷史主義困境的方法——文物研究、存在歷史主義、結構類型學、尼采式的反歷史主義。如何看待過去，如何把握現在，如何預測將來？詹明信說：「只要我們在對過去進行闡釋時牢牢地保持着關於未來的理想，使激進和烏托邦的改革栩栩如生，我們就可以掌握過去作為歷史的現在。」《處於跨國資本主義時代中的第三世界文學》是一篇頗為引起爭議的文章，受到來自亞洲和非洲的學者的抨擊，一石激起千層浪，可謂影響不小。

　　我與詹明信教授素昧平生，除了在康奈爾大學當研究生時曾聽過他的講座，以及一九九三年夏季我受北京大學比較文學研究所所長樂黛雲教授的委托曾在北京接待過詹明信教授之外。這本譯文集是牛津大學出版社編輯向我約的稿，在此特向他致謝。

張京媛

一九九四年三月於美國哈佛大學

世界新秩序*

世界歷史是一座樓梯比房間多的大廈。

——波爾尼 (Börne)

東歐政黨國家 (party-state) 的垮台（雖然中國的政黨國家並未垮台）所產生的後果很明顯地與昔日的三大新聞——社會主義的失敗、共產主義的崩潰、馬克思主義的破產——所意味的後果十分不同。事到如今，新聞記者也許可以援引經典帝國主義的徹底回歸來說明這個現象；我們中間的一些曾堅持「三個」世界而不主張南北兩極的人們現在被自由主義的理論和主張集中論的理論家強迫着去思考南北兩極的出現。北美超級大國把自己的「世界新秩序」強加給從前的第三世界，用以推廣自己的後現代技術。

我想，這才是新聞，但是談論馬克思主義的破產就沒有甚麼意義了，因為談論馬克思主義的解體即是證實了馬克思主義是研究資本主義在全球獲勝的科學。馬克思主義已經預見到了在巴格達(Baghdad)上空分享「和平紅利」(peace dividend)的

---

* 原題 "Conversations on the New World Order," in Robin Blackburn ed., *The Failure of Communism and the Future of Socialism* (New York: Verso, 1990). © 1991 by Fredric Jameson. Translated by permission of Professor Fredric Jameson.

種族，預見到了資本主義為了應付難以預料的未來會把無用的「星球大戰」研究轉換成實際的武器預算。根據馬克思的觀點，野獸的本性是擴張，這意味着對外推行新的帝國擴張，對內無限期地延遲社會投資：

真正的野獸，野蠻美麗的動物，

這個——女士們！——您們只能在我這裏看到！

Das wahre Tier, das wilde schöne Tier,

Das—meine Damen!—sehen Sie nur bei mir!

至於説社會主義的失敗，人們也許會奇怪它在何處竟然會被給予失敗的機會。但是甚至這樣的提問本身也是錯了位的，因為事實上被揭示的是作為客體（拉康心理分析學派[Lacanians]會稱其為匱缺的客體，即客體小[a objet petit a]）的蘇聯的深刻曖昧性。沒有人喜愛處於末期的蘇聯體制，但是蘇聯的外交政策（除了它對東歐和阿富汗所實行的外交政策之外）是不一樣的。它的外交政策一般是支持正義的事業：現在有誰會支持正義的事業呢？（或者，以真正的後結構主義[poststructualist]的思維方式來提問，「事業」本身是由支援引起的，而不是事業引起了援助？）同時，非共產主義或反共產主義的社會主義者和社會民主主義者似乎陷入了震驚和哀悼之中。這些人在不懈地譴責蘇聯極權主義、認為它與「真正的社會主義」絲毫無關之後，突然明顯地發現他們自身之內無疑地存在着一個深層潛意識的信念，即蘇聯體系最終總會按照我們所目睹的自由化的過程而轉變為真正的社會主義。但是這些左派分子實際上是（美國式的）自由主義者，他們仍然相信某種進步。一種更為辯證的歷史觀則認為，雖然進步是存在的，但

它是以災難浩劫和挫折失敗而持續下去的。東歐發生的事件充分證明伊曼紐爾‧沃倫斯坦(Immanuel Wallerstein)所堅持的觀點：不應該把蘇聯體系看作是一個「體系」；在今天——與昨天一樣——只有一個體系，延續七十年之久的蘇聯政權只是同一體系中的「反體系」的一個臨時據點。現在這塊據點被殖民化了（或者說被重新殖民化了）。蘇聯喪失了自主權，它的獨立結構崩潰了。在這一點上它像美國西部的採礦村鎮一樣：村鎮受到大規模採礦的毀壞，地下到處被挖空，佈滿了隧道，表層時不時（幾乎是無聲地）往下塌陷，木質房屋隨之陷入地底。彷彿地下藏着一個蟻獅，伸出長顎在捕捉落入坑中的獵物。幹得真不錯，地底下的動物！但是這個地下動物是缺席的，這個佈滿灰塵、被遺棄的卻又致命的空隙(void)標誌着集體項目的消失，使萬眾一心的努力和決心黯然失色，它摧毀了政黨國家以為可以用「社會主義機構」（包括警察和軍隊）來取代「道德鼓勵」的天真想法。但是社會主義與上述的觀點不同，它認為政治佔首位，主張建立真正的「戰時道德」（戰爭要求人們作出犧牲），避免機械的、非政治的、只追求利潤的社會再生產方式（這些方式存在於其他社會結構和其他生產方式之中）。

如果我們對市場體系進行有意義的分析，我們便不能說社會主義失敗了，也不能說資本主義成功了。所有真正反動的意識形態都承認這一點。它們抱怨在後期資本主義的干涉下真正的自由市場並不存在；格爾布萊斯(Galbraith)很早便注意到少數製造商對市場的控制取代了（社會主義意義上的）計劃經濟。當然，不論後期資本主義的三大中心——日本、一九二二年以後的歐洲和北美的超級大國——取得多大的成功，資本主義在第三世界（和第二世界——如果我們相信那些敢冒天下之

大體而口吐真情的經濟學家的話——）是沒有前途的。羅斯托文式的起飛階段(the Rostowian "take off stage")對多數處於邊緣或半邊緣的不發達國家——負債國家——來說只是空想，在具有傳奇性的「社會主義的崩潰」發生之前就已如此。所不同的是：現在這些國家有了未來，有了作為買主和依賴他人的國家、作為廉價勞動力和生產原材料的來源的未來。這個未來只會使發財致富的買辦資本家高興，而人口過剩、面臨失業的大眾只好等待其他某個體系的重新干預。（如果你不願意再把這「某個」體系叫做社會主義的話，那麼你現在最好給它另外起個名字。）

至於說共產主義本身，需要指出的是：目前的發展動態並不由於它的失敗，而是由於它的成功。不是左翼經濟學家頌揚馬克思列寧主義和一黨政權（不論在第二世界還是在第三世界裏）是不發達社會快速實行工業化的途徑，而是右翼歷史學家現在想使人們相信：假如蘇聯自由主義者不受到干擾的話，蘇聯今天也許可以具有更強大的生產力。事實上，先不提農業國的波蘭實現了工業轉型，我們得承認，斯大林主義是個成功，它完成了現代化的使命，發展了新型的政治和社會主體。持這種觀點的人並不是我一個，認為如果波蘭沒有勞動力的集中來反對以共產主義政權為形式的單一僱主，那麼波蘭的團結工會根本就不會出現。以更普通的方式對蘇聯的強調來否認共產主義工業化的失敗對一些人來說是具有悖論意義的，正如馬克思主義指出的那樣，這些人「相信歷史曾經存在過，但是它不再存在」。按辯證法觀點，承認某物是個成功即是承認內在於該成功的新矛盾的出現。矛盾明顯與混亂不同，混亂往往伴隨從前的失敗。應該把最近發生的事件看成是出現了新的矛盾——當然事件是發生了，但它並不完全像我們被告知的那樣。

　　發生的事件是：晚期資本主義的一整套世界體系——它在世界範圍裏突然攻破和擴展了從前的體系——出現了（或者最好說，被證明是出現了），從前體系的所有組成部分和成分被徹底重新評價和在結構上受到修正。我想談談與此有關的三個經濟現象或稱三個經濟範疇：民族債務、效率、生產率。我這一生中所目睹的最神秘的事情發展之一是：儘管基本上沒有變化，強大的民族經歷了從富足衰落到貧窮這一難以解釋的過程。在六十年代，從創辦新學校和推行新的福利項目到進行新的戰爭和使用新的武器，一切都是可能的。而在八十年代，同樣的國家不再支付得起這些開消，每個人都開始叫嚷有必要平衡預算（預算平衡是大眾傳播媒介的一致呼聲，也成了目前爭吵辯論的中心。）但是正如海爾倫納(Heilbroner)和其他人所指出的那樣，償還清國家債務不僅是個災難，而且實際上是別的國家懷疑我們的基本價值和償付能力而強迫我們平衡預算的。一個受到人民普遍信任的強大政權可以發放公債和承受赤字開支，只要它不必擔心鄰居是如何看待它的；但是當一個從前是自主的民族國家發現自己屬於當今世界體系的一部分時，這個擔心便成了問題的所在。效率也是如此（保爾·斯威茲[Paul Sweezy]和亨利·馬格道夫[Harry Magdoff]很早以前就曾在討論中國革命時這樣說過）：甚至在現代化的情況下，生產效率並不是一個絕對的和不可割捨的價值——可以有其他值得優先考慮的事情，例如，工業教育、農民的再教育，或者企業工人的政治教育和工人自我管理的訓練。但是在一個世界體系裏，非競爭性的工業實務（和物質工廠）明顯地成為一個禍害，拉革命集體的後腿，使其墮落到第三世界甚至第四世界的可憐處境。同樣，馬克思很早以前在《資本論》裏就曾教導過我們，生產率也是市場統一的結果；生產率不是甚麼某種無限的絕對

物：當與外隔絕的村莊或外省的產品與宗主國的產品在一個統一的體系裏相比較時，原先在這些村莊或外省裏是完全有效的生產率會突然降落到十分低等的程度。這正是蘇聯和其同盟國家一頭栽進資本主義國際市場時發生的事情；他們把自己的命運之神——或者說是馬車——與在最近二十年內出現的晚期資本主義的世界體系掛在了一起。

當我有機會在較為中立的國家裏與來自一些「東方」國家的知識分子交談時，這些念頭在我的腦海裏閃過。在過去被稱為德國的「重新統一」(reunification)而現在卻被莫名其妙地單稱為德國的「統一」(unification)的那一天，我恰好路過被分割的柏林。我吃驚地看到人們的恐懼，他們對「統一」沒有熱情，除了那種最正式、最官方的興高采烈的熱情（他們舉行與蘇聯的「十月革命慶祝」或者美國的新年除夕的酗酒狂歡十分相像的通宵達旦的城市晚會）。我也吃驚地看到兩邊的知識分子灰心沮喪：西柏林人對自己將要成為只不過是德國人的前景感到懊惱，西柏林人一直認為自己是不同和有區別於一般德國人的——這就像紐約人突然發現自己是俄亥俄州的一部分似的；東柏林人感到驚慌失措，他們中間的多數人失了業，不管他們從前的工作是甚麼。在原來的東德，所有的科學機構都被關閉；出版社銷聲匿跡；隨着貨幣的重新統一，昂貴的新咖啡廳不知從何處鑽了出來；有房子的人在做着被西柏林人趕出去的準備，西柏林人在一九四五年前曾擁有這些房產；租借公寓的人準備看到他們的房租上漲三倍或四倍。西柏林人面臨着房租和其它開消的急劇上漲，因為聯邦的補助金將要被取消。柏林將要成為新的首都，但是柏林也將會是一個充滿失業的城市，處於新歐洲東部的邊界；它會再一次成為來自更為東邊的經濟避難者的城市，就像魏瑪時期一樣——波蘭人、俄國人、

猶太人湧向柏林，但是這個柏林卻不具有魏瑪時期柏林的俗氣可疑的華麗和迷人之處。現在似乎沒有人願意過多考慮魏瑪時期；德國統一時，柏林最有名氣的展覽是俾斯麥的偉大生平和俾斯麥時期(an enormous life and times of Bismarck)。

同時，考慮這個體系改變的獨特性似乎也是必要的。東德人認為這種體系的改變是一種殖民主義，這種殖民主義當然沒有多少歷史先例（如果說社會或社會主義財產關係在本世紀之前並不存在的話）。很明顯，在此有比權力更多的東西處於危急之中；不光是由勝方的政黨官員取代敗方的政黨官員而產生的錯位的問題。我自己只能想起一個遠距離的推論，即：美國國內戰爭之後，美國南方實行了重建，南方的政治和財產關係的改革是由一個勝利的佔領軍的政權實施的。

熱月*之後的文化和政治會出現甚麼變化，並非連貫的。例如有人說，近期的的西德「新表現主義」畫家很幸運，他們有希特勒作為取之不盡的原材料。[1] 如果戰爭現在完全結束的話，那麼隨着著名柏林裏的倒塌這個原材料很明顯也就枯竭了。從前的西德知識分子現在沒有天職使命了，他們跌跌撞撞地盲目尋找這個或那個次要的目標；從前的東德知識分子此刻頭暈目旋（他們必須補上西德人的閱讀課），一些諸如像海納‧

---

　　* 　譯者注：Thermidor為法國大革命時期的「熱月」，現一般指緊接在一個過激分子的革命階段之後的一個比較溫和的反革命階段，其特點通敘是通過獨裁的手段，強調恢復秩序；緩和緊張局勢和回到某些被認為正常的生活方式中去。作者在此指德國統一之後的局勢。

　　[1] 　克利斯托(Christo)著；這本書沒有記錄他對當代蘇聯繪畫受惠於斯大林一事的看法，但是相同的觀點卻成為鮑里斯‧格勞伊思(Boris Groys)的《斯大林的藝術總體》(Gesamtkunstwerk Stalin)一書中的重要宣言。

米勒(Heiner Muller)和克里斯蒂·伍爾夫(Christa Wolf)的勇敢者
繼續堅持一個已經不成功的主張，認為東德的文化和政治是自
立的。生意一如既往，意味着土地投機和失業；對於知識分子
來說，便意味着尋找新的研究題目和新的靈感，同時也尋找建
立長期的第三政黨的新形式。

　　較德國更遠的東方國家，我只想談談南斯拉夫、保加利
亞、蘇聯；這三個十分不同的地區具有相互不同的專注事物，
它們也同「我們」北美洲不同（為了方便起見，我濫用「我
們」這個詞來指北美）。這三個地區在不同程度上執迷於斯大
林和他的官僚體系的事實並不像表面看起來那樣自然或自顯。
他們堅信「我們」（西方人）不理解該事實，堅信我們根本連
想都不願去想像，這並非不可理解，因為任何嚴肅的國際交流
中的開局策略就是要強調自己手裏的牌是與眾不同的；承認對
方已經事先知道自己的一切就是自我挫敗。不幸的是，在過去
的四十五年裏，特別是在四十年代和五十年代，冷戰時期的反
共產主義宣傳已經提供了大量的各式各樣的可以想像出來的關
於斯大林主義的偏見陳規，因此，來自東方的經驗真理現在看
起來不僅與普通媒介的宣傳和幻影沒有區別，而且與普通媒介
的最原始的冷戰時期的形式也沒有區別。在此，語言和表述的
干預使最簡單的交流方式變得複雜起來：他們的真理越是用
奧維爾式(Orwellian)的語言來表達，那真理就越變得冗長乏
味、令人厭煩；我們的真理越是用最微弱的馬克思主義語言來
表達——例如關於簡單的社會民主、福利社會、社會正義和平
等——我們就越是不願意傾聽東方。

　　語言本身，不僅僅是它的個別詞語或信息，是與具體情
況有關的。在西方，馬克思主義作為一種編碼仍然具有一定具
體的對抗意義：不信任自由主義對普遍富足、社會平等、政治

民主的辯護；懷疑現有的盈利生產會保護集體利益，特別是懷疑國內或國外的「少數民族」會有騰飛的可能；厭惡新型的公司風格（如果説不厭惡公司文化的話，公司文化似乎時常使人着迷）；或者——從積極的角度來看——深切地相信體系作為結構整體，既不可能按照虔誠的傳統自由主義方式得到改造，也不可能按照玩世不恭和樂觀的後現代主義的方式進行轉變。這樣，在西方，馬克思主義編碼仍然是對「體系」本身所持的固執且神志清醒的悲觀主義的最高標誌。這個體系製造社會悲劇，把社會悲劇作為其必要的副產品，它受無意識的、無法抗拒的本能的趨動走向戰爭的深淵。

但是在東方，馬克思主義編碼意味着權威、國家、警察；試圖改變這個編碼終會導致關於人們最初為甚麼需要運用它的辯論。西方人現在開始明白了一個事實：在東方，人們不需要明確説明便會按照馬克思主義的方式去考慮問題，這幾乎是從小就培養起來的習慣。東方人更為感興趣的是設計出大量的新的寓言和形象（例如社會主義的僵硬乾瘠的木乃伊形象，現在幾乎成了新文學陳規俗套），許多寓言和形象對準了斯大林本人。把斯大林同一整套體系聯繫起來似乎十分重要：也就是説，用偶然性和辯證法對斯大林主義進行歷史的解釋首先是絕對不受歡迎的（斯大林主義完全成熟的萌芽在列寧時期就已存在，如果在馬克思時期沒有的話）；與之相反，資本主義的產物——被洗禮命名為「公民社會」(civil society)——根本不是一個體系，而是生活本身，是自然的生活，有兩種主要的分支：公與私。最近西方的觀點認為，公民社會也許在公司的西方(the corporate West)終結，在經典的意義上，我們不再會有真正的公共空間或者私人空間——甚至用最時髦的理論命名和包裝也達不到這一點。

　　但是，斯大林的含義現在更有意義；斯大林不再特指恐怖或暴力，而是指其他三種使我們感到奇怪的事物：集體性、烏托邦、現代主義。甚至在媒介的雛形裏，無孔不入的傳播媒介的標誌之一是：對於東方知識分子來說，「烏托邦」一詞自動受到貶值，像我們對「極權」和「極權主義」這兩個詞的看法一樣——雖然在有限的圈子裏以及出於不同的原因。認為斯大林最輝煌傑出地體現了烏托邦的衝動，認為斯大林的最深層的趨力、動機和規劃是出於純粹的烏托邦理想（儘管人們偶爾和反常地將斯大林同希特勒相比較，但是沒有任何烏托邦主義的概念能夠容納希特勒），這些看法現在成為毋庸置疑的正統觀點。不用我指出，烏托邦或者拉法格(Lafargue)所稱的「懶惰的權利」是與強迫勞動和早期現代化和工業化的價值原始累積毫不相干的。在此，烏托邦的觀點與事實無關，而是涉及到知識分子和意識形態，知識分子和意識形態編織出理想價值和立場的無縫之網。按照傳統唯心主義或甚至宗教的方式，在這個網絡裏一件事自動引發其他的事情。歷史和事件必須再一次地被排除在該道德理想的模式之外。從倫理宗教開始，知識分子就偏好按照這種道德「統一體系」來考慮問題，即以唯心論的方式看待事物。唯心論體系在作出鐵證般的解釋之前，首先把事件轉變成概念，實際上就是用我們熟悉的「好與壞」的模式來重新講述一遍。老式的唯物論在此的使命是要打破歷史「統一體系」的道德化的觀點，不再把歷史解釋為偶然性、非連貫性、意外事故和辯證飛躍。這種歷史「統一體系」在我們自己的似乎是後理想主義、後現代的哲學和理論中仍然存在，一如東方的反烏托邦主義。

　　在西方，一個霸權的哲學聲稱主體/中心主體已經完結死夭，而其它邊緣或臣屬團體卻針鋒相對地宣揚族羣集體的認

同，提供了「主體」（據說這個主體在個人程度上已經消失）的多種變形的映象。有意思的是，在前蘇聯的東方，個人主體自身首先建立不起來。（我的一個日本同事告訴我，日語中的「我們」一詞根本不需要被解構，因為「我們」一開始就沒有成為過中心主體。）在前蘇聯的東方，個性主義的缺席是以經典的哈巴馬斯式(Habermasian)未完成的項目而經歷的喪失和痛苦而展現出來的，同時受到夢魇式的斯大林集體軀體的加強。用一個理論家的話說，「軀體不能獨立存在」。正如偉大的蘇聯烏托邦作家安德烈‧普拉托諾夫(Andrei Platonov)所表達的那樣，飢荒和內戰的苦難促使個人軀體緊擠在一起相互取暖。因此，斯大林主義是一個蓄意的計謀或策略，利用武力和人們的恐懼把集體的軀體捆綁在一起──當然很難不帶偏執地說明這到底是出於甚麼原因，儘管人們不同意奧威爾所作的「權力慾望」的愚蠢解釋。

我已講過，當前蘇聯的反烏托邦主義衍生於西方的反共產主義運動，在五十年代的冷戰時期，西方反共產主義作為修辭辯術得到鞏固和加強。然而我認為，關於集體軀體的觀點是比較有創新意義的，起碼冷戰時期的意識形態不是這樣談論問題的。冷戰時期的意識形態沒有這樣做的原因，也許是因為在西方，集體軀體的觀點容易帶有烏托邦的而不是反烏托邦的暗示──在此，烏托邦是褒義詞，不含有東方和斯大林主義的貶義意義。讓我們把社會心理學或人類本性的討論擱在一邊，把音調降低到更為一般的心理常識的形式：受難於過度的個人主義和社會反常狀態的人們憧憬着集體生活，而那些長期擠在一起取暖沒有自己的空間的人們，自然而然地對日常環境裏擁擠的狀態感到恐懼，渴望能夠保持私隱，獲有個人或個人心理的私有財產。與我交談的俄國學者很公開地表示了在反烏托邦主

義觀點或價值的背後來自經驗的動機。我認為，這些共鳴以及伴隨他們的家庭和童年的深層潛意識以情感形式進行的表述，還不算是政治或社會的立場，而是被（雙方的）政治或階級鬥爭調動起來的利比多機能。

但是對於在西方的我們來說，用另一種方式講述這個故事會更有趣，預示更深刻的東西方的對抗，這一點我在下面將會談到。美國式的聚集——美國三十年代巨大的集體危機類似於蘇聯的飢荒、內戰和強加的集體化——當然是大危機時期(the Great Depression)。大危機具有象徵意義，對我們不僅意味着集體的聚集，也意味貧困化和物質的喪失。當三十年代最終結束後，美國經歷第二次世界大戰（這是美國歷史上唯一的一次真正的烏托邦時刻）和一九四七年至一九四八年的迅速發展，美國終於克服了物質短缺，許多新的戰後產品進入市場，人們開始強烈地厭惡前十年的創傷。對集體生活的恐怖作出的心理補償是商業消費的個人主義、排憂解難的商品，以及各式各樣的新的物體。這種意義上的消費不是人的本性：對消費的酷愛是隨歷史而演變的。北美的經驗被物化，然後作為價值投射給世界上其餘的國家，抹掉其象徵意義，轉換成某種永恒的人類本性的特徵。因此，消費成為「自然的」，六十年代的後艾森豪威爾(post-Eisenhower)一代奮起反抗前輩的反集體主義，他們憧憬和推行新形式的集體團結，而現在的雅皮士一代所作出的歷史反應則是反對六十年代的集體團結。當然，這種歷史象徵的模式或者說是不同時代的選擇也是我們理解東方反烏托邦主義和恐懼集體主義的方式。

我認為，當前東方或蘇聯的反烏托邦主義的另一特徵頗富有創建性，它與美學和現代主義有關；鮑里斯·格勞伊思(Boris Groys)在他的傑出的著作《斯大林的藝術總體》(*Gesamt-*

kunstwerk Stalin)[2]中有系統地制定出這樣一個立場。格勞伊思的見解出奇制勝、不無邪惡，對歷史進行了有爭議的修正，用使人驚訝不止的新穎的歷史敘事取代了過去經常用來描述美學現代主義興盛的陳舊觀點。這個陳舊的分析方法區別一直被認為是相互對立的兩種事情和兩個階段，即二十年代蘇聯文化革命的前衛現代主義和斯大林時期佔主導地位的陳規標準和社會主義現實主義。我們在西方的人認為這兩個階段的關係相當於統治的好來塢和大眾文化對視覺藝術中的偉大美學先鋒的壓制。事實上，較格勞伊思之前，卡塔莉娜·克拉克(Katarina Clark)在她的論文中就已經對蘇聯藝術史提出了鼓舞人心的修正意見。克拉克認為蘇聯語境中的社會現實主義即是大眾文化。但是格勞伊思和他的同代人——我不想把格勞伊思單獨挑出來，因為當今的蘇聯知識分子整體似乎一致贊同這個立場——認為這兩個階段不是間斷的而是連續的。他們主張，社會現實主義、斯大林主義和斯大林本人作為瓦格納式(Wagnerian)的藝術整體是不同形式的現代主義先鋒運動的延續。斯大林是馬列維奇(Malevich)的真正繼承人；馬列維奇在精神的象徵領域中用法令和獨裁所達不到的事物卻由斯大林在現實世界中的軀體領域(the realm of bodies)裏實現了。西勃爾伯格(Syberberg)曾經說過，希特勒是二十世紀最偉大的電影製片人；作為整體的斯大林主義體系被視為體現了高級現代主義規劃的所有的獨裁和烏托邦。政治犯監獄(the Gulag)成為真正的馬拉梅式(Mallarméan)的《圖書》(*Livre*)即人生經驗大全，日常生活受累於美學和政治最終結合而產生的負擔，那些未來主義者和超現實主義者只能

---

② Munich: Hanserverlag, 1988（英文版由普林斯頓大學出版社於1991年出版）。

在戰爭或夢幻中經歷這些經驗。不管這個立場是否是後現代的，它顯然暗示了對後現代時期所稱的高級現代主義的美學價值觀的徹底批駁。讓我們再一次看看愛德蒙特・伯克(Edmund Burke)關於意圖邪惡說的舊論吧：計劃和策劃引起傷害，人們應該使一切——不論是現存的還是意外的——服從於無所不在的天才意志，天才意志是原罪，屬於喬伊斯、齊達諾夫(Zhdanov)、馬拉梅、畢加索、舍恩伯格(Schoenberg)、葉索夫(Yezov)、維辛斯基(Vishynsky)、烏爾布萊特(Ulbricht)、格特伍德(Gottwald)，和列寧本人。

這當然似乎是西方後現代主義為東西方對話而選擇的合適題目；這個題目被理解為：西方關於此類問題辯論必須從格爾布萊斯(Galbraith)的重要觀察開始。格爾布萊斯主張，在東方，西方或資本主義的類似物被稱為少數製造商對市場的控制(oligopoly)。資本主義西方與斯大林東方一樣是工藝品，同樣地服從公司的決定，服從平板的、任意的、孤立的、非民主的意志——除了對我們來説，起作用的不是政治局，而是公司的意志和高級現代主義或後現代主義的商業團體。例如，如果你覺得自由即是不受其他人——主要是未見面和不認識的人——的武斷決定的支配的話，那麼你又該怎樣解釋公司的劣質語言或曰美國英語呢？美國英語吸收了速記的董事會決定、廣告式的政治和日常生活標語——像「生活方式」(lifestyle)、「無煙區」(smoke-free)、「性愛偏好」(sexual preference)，或者更富有哲理的語言概念諸如「反本質論」和「整體論」。這些語言選擇是由本質上具有自由主義傾向的壟斷公司文化所決定的，但這並不能在絕對的意義上使它們獲得拯救，正如斯大林的文化雖具有馬克思主義的色彩卻不能受到諒解一樣。（人們也許會這樣解釋：保守派和反動派曾用老式的現存語言或編碼解釋同

樣的事物；而在後現代時期，他們不由自主地被迫學習使用公司新用語。）

然而甚至這樣的討論，先別提對話，我們也不能與來自東方的對手進行下去；困難同雙方對基本信息的猜疑無關——不是那種我們的東方朋友拒絕相信是美國插手導致了一九七三年智利左派阿連德(Allende)的倒台，或者是懷疑（也許是對的）我們是否真正理解在斯大林統治或在勃列日涅夫統治下蘇聯人是怎樣地生活的。主要的困難在於雙方各自的話語闡釋術語完全不同、毫不兼容。簡潔地說，東方希望用關於權力和壓迫的術語來進行討論，而西方卻要用文化和商品化的術語進行討論。在這場話語規則的爭奪戰中沒有真正的共同標準，結果是不可避免的喜劇：雙方各自用自己喜歡的語言咕噥着毫不相干的答覆。

除非你以為不同國家和不同集體境遇之間可以進行無聲的交流，這便沒有甚麼可令人沮喪的。隨即被委婉地稱為「新世界秩序」的建立，我們目睹了所有的民族陳規偏見的復歸（在這個過程中包括民族主義和新的族羣），以及對集體他者(the collective Other)形象的幻想所採取的近乎於拉康心理分析學式的投入。關於後者，重要的是要理解：我們完全離開不了集體他者的形象，這些形象永遠不會是「精確的」或者是「矯正的」（不論是指甚麼）——就像閱讀與誤讀一樣，這些形象必須在結構上受到歪曲。在此意義上的國際對話總是雙方各自迷戀上對方所不願意承認的事實。

無論如何，我們自己（西方）的否認也許聽起來是：超級國家——一個十分強大和潛意識的力量，對悲劇或歷史單純無知，對清教傳統的倫理說教過於苛求，如同一個足球隊或一個兇猛的投資一樣對他人是個危險——這就是美國的現狀，在

15

蘇聯對抗勢力突然消失之後，像一門不受管束的大炮一樣威脅着世界上其他的國家。儘管蘇聯制度原則的歧義再一次提供了保障，這點是其他國家的親屬體系所不能做到的，但是我們還是感覺到另外兩個新的超級大國———一九九二年以後的歐洲和日本———的急劇出現將會產生新的勢力平衡，這種新的勢力平衡將會有效地遏制美國不負責任的行為。然而，最近的海灣爭端證明不了這一樂觀的意見，更證明不了文化聯合的本身。

人們曾習慣説的「文化帝國主義」(cultural imperialism)是那麼遙遠的事情，就像在另一個時代裏發生的事情似的。文化帝國主義似乎伴隨着真正的帝國主義，如同好來塢的電影、成捆成箱的流行音樂磁帶被裝上炮艦一樣。但是這樣的説法有個具體的特點———它在許多方面承認了辯證法———即：正當它的內容滿足了自身，變得越來越真實、越來越全面發展時，它的形式卻消失了，似乎最初表達這個內容的語詞曾經一直是個謊言，而人們卻沒有意識到這點。許多年前被稱為「美國化」的現代化形式也是如此：隨着現代化的過程更為真實地實現了自身，「美國化」一詞卻變得愈加不稱職和令人不滿意，它最終由「後現代主義」一詞而取代。「後現代主義」一詞説明了一切，但同樣似乎也是在否認為這個體系命名的最初企圖。

類似的事情也發生在對文化帝國主義的看法上。文化帝國主義比以往更為真實地存在着，它衝破了舊名的死繭殼，在新的天空中舒展開自己的華麗翅膀，招來遮天蓋地的蝗蟲狂亂四處覓食，使整個天空昏暗無光。在後現代的國際貿易策略和所謂的「後福特主義」(post-Fordism)③時代，老式的專橫暴虐、那種強迫推廣美國式產品（不論是奶粉、洗頭劑、五十年代的電視節目，還是軍事體系）的標準的做法，似乎已經結束，一種不妥協於統治和霸權的新的彈性已蔚然成風。「多元主義」

(pluralism)一詞，無論是作為一個社會和政治標語抑或作為理論和哲學生活的事實，似乎是對後福特主義在上層建築裏的真實反映，然而「多元主義」把帝國主義和統治的現象與商品化結構更為複雜地聯繫在一起，使從前較為公開和明顯的暴力轉變為精巧微妙和形而上的複雜物。赫伯特·馬庫塞－柏拉圖的(Marcusean-Platonic)關於偽幸福的問題開始被重新提出來，似乎它以其六十年代的模式僅僅預示了我們自己的貌似新鮮和獨創的文化和政治的問題。

引導線是美國公司勢力（往往被隨便和不準確地稱為「多國」[multinational]）所起的作用。前不久我曾參觀了鹿特丹(Rotterdam)市的一座新型濱水區工程，使我充分意識到了美國公司的作用。這個濱水區工程是鹿特丹的市區規劃者感到最驕傲的事情，它以新的公寓樓區、娛樂區和辦公樓區替換了已經衰敗塌壞的碼頭和港口設施（這些設施是現代的，但不是後現代的）。當然，新城市「內部殖民化」將會帶來金錢，但是這個中心控制的規劃事實上意在避免英國碼頭災難——英國碼

---

③ 後福特主義由羅賓·摩雷(Robin Murray)精彩地描述如下：
同那些僅擁有少數消路好的貨物的廉價商店不一樣，賽恩斯波利(Sainsbury)商店網，作為高級商店的新潮一代，與市場的需求掛鈎，承消一系列產品。針對消費者羣而制定市場產品成為商店的流行口號。市場調查員按年齡（少年、青年、壯年）、家庭種類（雙職工無子女家庭、同性戀家庭、單身雙親家庭）、收入、職業、房產、住址來劃分市場。市場調查員分析「生活方式」，把商品同消費模式聯繫起來，從食品到服裝、從健康到渡假……。最成功的產品製造區是那些有靈活的生產系統、敢於創新、強調「客戶化」設計和質量的工業區。生產系統的靈活性之一是通過新科技和引進易於調配的機器而取得的。那些機器只需要簡單地調整一下便可以用來生產不同的產品。例如，本尼通(Benetton)的自動洗染工廠可以根據需要而調整顏色。
載於"Fordism and Post-Fordism," Stuart Hall and Martin Jacques, eds., *New Times* (London: Lawrence & Wishart 1989), pp. 43–44.

頭是「取消政府控制」(deregulation)、由投機者隨意褻瀆城市空間的一個確實可怕的例子。建築規劃學的學生常常引用鹿特丹濱水區工程來說明一種嶄新的集體組裝的美學——這種美學自十九世紀哈斯曼(Haussmann)時期以後就沒有再出現過——如何取代早期的、現代的、由「天才」設計的建築物的方法。然而，我這個北美觀察家十分驚訝地發現美國羅斯公司(Rouse)在所有這一切中起的作用。美國的公司顧問現在在後現代全球文化發展中所扮演的角色，與那些傳授鎮壓反政府分子的技巧和訓練當地警察力量的美國專家同行所扮演的角色是一樣的。羅斯公司的可靠性已在巴爾的摩(Baltimore)的濱水區表現出來了，據說羅斯公司與迪斯尼帝國有着很深的聯繫。羅斯公司是歐洲統一前夕的一個舊世界規劃的促動者，這使那些對文化自主抱有一線希望的人感到震驚。讓我們別去理會那個事實——即俄國人和他們的盟友無法設計出一個像樣的旅館房間時，不得不向希爾頓大飯店請教最基本的線索——這只是證明了社會主義的破產！但是在這裏，這個歐洲最古老的資產階級文化——假定它仍然是在日常生活、社會態度和優先權利裏表達了明顯是歐洲的風格和世界觀的一個合適典型的話——結果在後現代時期、在文化上是如此地枯竭以致不得不引進現在比自己要更老練些的、來自新世界的生意人和商品設計家，用瓦特·迪斯尼(Walt Disney)來代替倫姆布蘭特(Rembrandt)，用艾培考特娛樂場(Epcot)和荷爾頓商業中心(Horton)來代替二十年代和三十年代的社會公寓的宏偉規劃。

政治和經濟自主的前景會在新歐洲出現嗎？雖然各式各樣的歐洲民主國家自豪地四處周游展覽民族主義的大型藝術，文化自主是否也將證實是個淒涼的失敗呢？文化自主這個最後期望，在建築學上被稱為「批評區域主義」(critical regionalism)，起碼試圖以民族和當地風格來抵制新的全球美國化。然而，在所有曉得自尊的跨國公司的美國後福特主義者都明白，把產品用合適的當地色彩和民族風格包裝起來的重要性的今天，文化自主可以被真正地列入議事日程之中嗎？今天，文化帝國主義表現在對外輸出專家：如果專家獲勝的話，甚至民族傳統也擺脫不了他們的控制；我們難道能夠想像專家會失敗嗎？

向那些認為所有這一切是很悲觀的朋友，我想溫和地提議：我們不需要把尼采留給敵人，我們可以在尼采的堅定不移的信念中找到我們自己的慰勉，即最深刻的悲觀是真正力量的來源。我們必須對這個體系保持深刻和連續的悲觀，就像我的東方朋友對另一個體系所持的態度一樣。樂觀主義，甚至最微弱的樂觀主義，只能推薦給那些願意讓人利用和操縱的人。

一九九一年三月

現代主義與帝國主義*

　　起碼部分地歸功於人們所稱的後現代主義，大家對現代
主義到底曾經是甚麼（請注意我使用了過去時態的動詞）這個
問題越來越感到興趣，同時也更加熱衷於用新的方式來重新思
考已成歷史的現象。這方法並不是我們從現代主義的參與者、
游戲者、鼓吹者和實踐者那裏繼承過來的。現在，也許經過了
更多的年頭，對於帝國主義是甚麼（請注意我使用了現在時態
的動詞），以及它是如何運作的，這個問題已經成為理論家激
烈辯論和討論的主題。參加辯論的人並不限於經濟學家、歷史
學家和政治學研究者。一系列十分複雜的理論和模式──它們
也許比當代文學理論的諸多模式還要更令人難以理解──已經
成為任何對本問題進行嚴肅討論的人都必須承認的存在形式。

　　因此，任何人想要討論現代主義和帝國主義之間的關係
時，在涉及該題目之前一般都要作兩種很長的緒論。然而，我
們首先應該明白那個題目是甚麼：在本篇文章裏，我將不涉及
可以被稱為是帝國主義的文學，因為那種文學（卡普林、萊德·
哈格爾德、弗尼、威爾士等人的作品）大都不在形式的意義上

　　*　　原題Modernism and Imperialism, 譯自 Fredric Jameson, et al., *Nationalism, Colonialism, and Literature* (Minneapolis: University of Minnesota Press, 1990). © 1990 by University of Minnesota Press. Translated by permission of University of Minnesota Press.

是現代主義的文學，它們屬於諸如「探險故事」一類的次標準文類，在現代霸權和其意識形態價值中處於「少數」或「邊緣」的位置（甚至康拉德[Conrad]也公開地依靠更為古老的故事形式）。[1]

　　在此探討的假設是比那些重申帝國主義製造了其特殊的文學，以及帝國主義在同一時期的其他宗主國的文學作品[2]的內容下遺留上了明顯的痕跡的說法要更為側重於形式主義，範圍更為擴大。事實上，我想要提議，帝國主義的結構也在人們泛稱為現代主義的文學和藝術語言的新轉型中的內在形式和結構上留下了痕跡。當然，這具有許多社會決定因素：任何關於現代性的一般理論——假定這個理論首先是可能成立的——都必須考慮其他一系列獨特的歷史現象的存在，例如現代化和技術、商品物化、金融的抽象作用和其對符號系統的影響、閱讀大眾的社會辯證法、大眾文化的出現、物質感覺中樞的心理主體的新形式。在這些「事實」裏，一個嶄新的、環球的、帝國的系統的出現所產生的重要性和分量，並不能讓人一目了然，甚至以推測的方式來講也不甚清楚。本篇文章只限於討論一個孤立的決定因素，即一種新力量的存在，這種新的力量不能被

---

①　參考：Martin Green, *Dreams of Adventure, Deeds of Empire* (New York: Basic Books, 1979); Philip D. Curtin, *The Image of Africa: British Ideas and Action 1780–1850* (Madison: University of Wisconsin Press, 1964); Brian Z. Street, *The Savage in Literature: Representations of "Primitive" Society in English Fiction 1858–1920* (London: Routledge & Kegan Paul, 1972); 特別是：Edward Said, "Kim, the Pleasures of Imperialism," in *Raritan*, 7 (Fall 1987), 27–64.

②　「宗主國」(metropolis)指帝國民族國家(the imperial nation-state)，而「大都市」(metropolitan)則是指宗主國的內部民族現實和日常生活。（當然，它不完全是城市生活，儘管這種生活也要依靠主要的宗主國都市。）

歸類到任何上面提到的歷史現象之中。

　　帝國主義的事實，無論最初看上去是怎樣外在的和非文學的，起碼有兩個歷史理由來探討其對文學的影響。我們可以回顧一下柏林會議召開的一八八四年。那一年象徵着帝國主義的新式世界體系的統一。那一年，「先進的」大國勢力瓜分了非洲。也就是在那一年，接連發生了一系列的文學和藝術的事件，表現出某種決裂和新的開端，例如，維克多·雨果於次年逝世就時常被看作是新的象徵主義和馬拉梅美學的開端。雨果的逝世突然顯露出這些新生事物的存在，其實，這些新生事在雨果生前就已經存在，而且得到充分發展了的。選擇這樣象徵的決裂，在經驗上並不能得到證實，但他是歷史編纂學的選擇；這種時序的並列最初並不明顯，而是後人出於建構新的和更為複雜有趣的歷史敘述而編造出來的，歷史敘述的有利之處在歷史發生之前是預見不到的。但是，正如我們將要看到的那樣，這種平行並列似乎在時序系列的另外一頭也起着作用，現代主義的終結同經典帝國主義世界體系的重新組合也聯繫在一起。這樣，我們的好奇心便會增加，想要知道這兩者之間所可能存在的相互關係到底是甚麼，雖然我們的好奇心在別的方面是受到限制的。

　　強調形式、強調形式的創新和改革，意味着我們在此所重點研究的本文和客體，將是那些幾乎不涉及帝國主義的文本和客體；那些文本和客體似乎乍一看起來沒有具體的政治內容；它們只是為人們的分析提供了純粹的文體或語言學的特殊方面。對現代主義所持的更為普遍的一種偏見，當然是現代主義的非政治的特徵，人們認為，現代主義由外向轉到內向，脫離了與現實主義聯繫起來的社會物質。現代主義採納了主觀化、內省的心理主義、美學主義，在意識形態上推崇獨立藝術

的最高價值。這些對現代主義的描寫和形容，在我看來是不夠的，或者説是不能夠讓人完全信服的。任何當代關於現代主義的理論都會嚴格地考察這些觀點，並且將解構它們。在本篇文章裏，有必要説明，從形式主義陳規的角度來開始對現代主義的討論，會更有利地證實超文學的政治和經濟的因素是存在的。③

但是，這不是本論題唯一的限定範圍，討論現代主義時，也必須涉及現代主義的另一個術語——帝國主義，必須解除這兩者之間的界限。我認為，馬克思主義的質疑（無論以甚麼樣的經典或是修正的形式出現）對我們現在的問題是有關聯的，因為只有馬克思主義的質疑才有可能系統地探討政治現象（暴力、統治、控制、國家權力）和經濟現象（市場、投資、剝削、低消費、危機）之間的相互聯繫。關於帝國主義的純粹政治理論（例如熊彼特[Schumpeter]的理論）不僅滑向道德批評，而且傾向於關於人的本質的形而上學論（例如主張人人皆有對權力或統治的渴望）。這種批評最終消解了現代主義的歷史特殊性，並且把帝國主義的現象擴展到整個人類歷史。（也就是説，到處都是血腥的征服！）然而，我們現在所質疑的是帝國主義和現代主義（即：帝國主義和西方現代主義）之間的聯繫，那麼這裏所説的帝國主義就不是指資本主義的帝國主義動力，也不是指古代帝國的各種征服戰爭。

我們需要進一步探討馬克思主義關於帝國主義的理論的

---

③　　我的另外兩篇討論現代主義詩學和第三世界空間之間的關係的文章是："Wallace Stevens," *New Orleans Review*, 11 (9184), 10–19, and "Rimbaud and the Spatial Text," in Tak-wai Wong and M. A. Abbas (eds.), *Rewriting Literary History* (Hong Kong: Hong Kong University Press, 1984), 66–93.

歷史形成，即：馬克思主義討論帝國主義問題的方式在二十世
紀中期經歷了很大的修正和重新組合。[④] 人們一般記得，列寧
在第一次世界大戰時，曾經寫過一本十分有影響力的論述帝國
主義的小冊子，他們懷疑經常使用「帝國主義」這個詞的人是
馬克思主義者。然而如果人們更多地接觸這些討論的話，他們
便會知道，「帝國主義」這個詞與第三世界社會所存在的問題
有關係，與不發達、債務、國際金融組織、美國在國際上的投
資和基地有關係，與支持獨裁者和對蘇聯影響的焦慮有關係，
也許最終是與海軍和槍炮干涉和殖民地的正規結構有關係。需
要注意，經典馬克思主義中的「帝國主義」這一詞的用法——
在馬克思本人、列寧、赫爾費丁、巴枯寧的著作中（羅莎‧盧
森堡的著作有些例外）——不包括以上的意思。大多數論述帝
國主義的老一代馬克思主義理論家遵循馬克思本人（在其著名
的論述印度的信件裏）的觀點，假定資本主義的滲透會直接在
現在所稱的第三世界國家中導致積極的經濟發展。而當代最流
行的看法是——像沃爾特‧羅德尼的著名著作的標題所說的那
樣——資本主義不能導致「不發達國家走向發達」。帝國主義
有系統地削弱其殖民地和其他附屬地區的發展。這種看法在最
初論述帝國主義的理論中完全不存在，實際上這種看法是與早
期馬克思主義理論公開相衝突的。[⑤] 早期馬克思主義理論很少
以那種形式提到帝國主義的問題，因為當時「帝國主義」一詞
並不是指宗主國與殖民地之間的聯繫，而是指各種帝國制和宗

---

④　在此我主要借用了 Anthony Brewer, *Marxist Theories of Imperialism: A Critical Survey* (London: Routledge & Kegan Paul, 1980).

⑤　Bill Warren, *Imperialism: Pioneer of Capitalism* (London: Verso, 1980). 這部著作是當代對傳統立場的重新敘述。

主國的民族國家(nation-states)之間的相互爭奪。很明顯，如果我們忽略「帝國主義」一詞的這種用法，把我們自己對該詞的當代看法強加在現代主義時期的語境上的話，我們會產生各種各樣的歷史混亂和犯時代的錯誤。

這是因為在我們的時代裏，自第二次世界大戰以來，帝國主義的問題是已經重新組建了的問題：在新殖民主義時代，隨着跨國資本主義和龐大的跨國公司的興起而來的殖民地解體（非殖民化），宗主國勢力之間的競爭並不那麼惹人注意（例如美國同日本偶爾發生矛盾，但這並不是那種可以引起世界大戰式的爭端），而是：從保羅·巴蘭(Paul Baran)起一直到今天的理論家，對第一世界和第三世界國家之間的關係的內在動態十分注意，這種關係——這正是「帝國主義」一詞對我們來說所具有的意義——的方式是從屬或依賴的關係，也是經濟形式的關係，而不主要是軍事關係。這意味着從第一次世界大戰到第二次世界大戰，他性軸心(the axis of Otherness)似乎改變了：原來的軸心支配着不同的帝國主體之間的關係，而現在它卻標明一個普遍化了的帝國主體（最通常指美國，其次指英國或法國和日本，還有一些新型的宗主國中心，例如南非或以色列）和它的各種他者或客體。這是歷史的敘述；由於我們比列寧時代的馬克思主義者更處於優勢，發現了關於帝國主義動力的更為根本的真理，我們可以這樣來解釋他性軸心的移位：從一八八四年到第一次世界大戰期間，第一世界對第三世界的經濟關係，被一種壓倒一切的（也許是意識形態上的）關於帝國主義的認識所掩蓋，這種認識把帝國主義看作在本質上是第一世界權勢或帝國主宰者之間的關係。這種認識傾向於壓制更為基本的他性軸心，只是偶爾才提到殖民地現實的問題。

在文化上，我們可以很快找到這種轉變的前因和後果。

今天，我們以不同的方式看待第三世界，並不僅僅因為第三世界的非殖民化和政治獨立，更是因為這些十分不同的文化現在以自己獨特的聲音在説話。這些聲音不再是人們可以忽略的來自邊緣的聲音；起碼它們中間的一個——興旺起來的拉丁美洲文學——在今天的世界文化中成為主要的參與者，它不僅對第三世界文化施加了無可避免的影響，而且對第一世界文學的影響也不小。在第一世界文化境遇中找到別的聲音很容易，甚至在美國域外的第一世界文化裏也是如此，譬如説在今天的英國。值得注意的是，在美國，人們開始思考和討論一個內在的第三世界和內在第三世界聲音的現象，例如黑人婦女文學或者墨西哥文學。當他者説話時，他或她便成為另一個主體。帝國主義或宗主國的主體，意識到這個現象是個問題，由此把關於帝國主義的西方理論推向一個新的方向，推向他者，推向研究第一世界應負責任的不發達和依賴狀況的結構。

但是在現代主義時代卻完全不是這麼一回事。十九世紀後期關於他者的原型範例——譬如左拉的《崩潰》(*La Debacle*, 1882)——是指另外的帝國民族國家(imperial nation-state)。左拉的小説中的「他者」指的是德國人，他們是童年夢魘中典型的吃人妖魔和鬼怪，長相奇異恐怖，野性十足，然而作為「中世紀野蠻人」的常規，他們體現出農業或村落社會中不過約束的本我所具有的一切令人着迷和害怕的方面。[6]在現代主義時代裏，這樣的「異己者」在純文學中以更蒼白和更令人尊敬的形式出現——例如在英國小説裏，各式各樣的外國人為上流社會

---

[6] 參考：Edward J. Dudley and Maximilian Novak (eds.), *The Wild Man Within: An Image in Western Thought from the Renaissance to Romanticism* (Pittsburgh: University of Pittsburgh Press, 1973).

添加了異國情調。（在福斯特[E.M. Forster]的小說《霍華德莊園》中，德國人所起的作用就是以一種治療式的自由主義寬容和自我批判的形式，扭轉了對外國人的懼怕。）而更為激烈的、非西方人的、殖民地的異己者卻往往在我們前面談及的非經典式的帝國主義歷險文學中佔有表述的位置。

以十分不同的軸心掩蓋他性軸心，以競爭代替剝削，以第一世界的人物代替第三世界的存在，這也許可以被認為是表述的策略，但是它改變不了掠奪殖民地的帝國主義結構，也改變不了雅克·伯格(Jacques Berque)所稱的殖民地人民的「被剝奪了的世界」(depossession du monde)。這種置換在表述上起的效果是，有系統地阻礙正確地認識帝國制度結構。它將在美學領域中產生明顯的後果。由於殖民化的他者變得隱形不見了，而這個他者又是帝國系統的關鍵組成部分或是相對成分，因此美學領域不可能繪製出新型帝國世界的體系。

正是在這種情況下，現代主義的表述出現了，它代表形式和文化轉型與我們所稱的社會決定因素之間的關係。社會決定因素代表着改變了的境遇（社會的、心理的或物質的新型原始資料）。改變了的境遇要求人們作出新鮮和獨特的美學反應，一般是以形式上、結構上和美學上的創新為方法。[7]如果我們想從文化或美學的角度來看待帝國主義的新形勢和找出它的特點，似乎最好的方法是把它的問題與現代的宗主國裏的內在的工業化和商業化的問題區別開來。宗主國裏內在的工業化和商業化的問題經常（自相矛盾地）以喪失意義的方式而存在，似乎以削弱絕對的傳統和宗教來擴大人的力量，同時，實

---

[7] 在此我不願重複對因果關係和所謂線狀歷史的批判，雖然我並不特別認為境遇/反應模式（從薩特那裏來的）是指常規上的「因果關係」。

踐和生產的事實在物化邏輯和商品形式的掩蓋下被歪曲。

　　現在，由殖民系統所決定的是與此不同的意義的喪失：對於殖民主義來說，作為整體的經濟系統的主要結構成分已經轉移到了別處，越過了宗主國，超過了宗主國家的日常生活和生存經驗，轉移到了大洋彼岸的殖民地，那裏的人民的生活經驗和生活世界——與帝國權力國家的生活經驗和生活世界完全不同——是權力帝國中各個階層的人們所不了解的和難以想像的。這種空間的隔離，所產生的直接後果便是，使人們不能把握住體系作為整體而運作的方式。與民族資本主義或市場資本主義的傳統階段不同，在這裏，謎盤的部分失蹤了，再也重新建構不起來了；個人經驗的放大（例如對其它社會階層的理解）、自我反省的程度（無論以甚麼樣的社會內疚為形式）、科學歸納法，這些基於第一世界的、內在數字證據上的方法，均不能夠涵括殖民地生活的，十分不同的異己性、殖民的苦難和受剝削，更別提彼與此之間、缺席的空間和宗主國的日常生活之間的結構聯繫了。換句話說，宗主國的日常生活和生存經驗是民族文學的內容，單獨理解它是不夠的，這種生活僅在本身之內不再具有自己的意義，不再具有更深刻的生存理由。作為藝術內容，它從此永遠缺乏着甚麼，但是在匱乏的意義上，它永遠不會由於在匱乏的地方進行填補而得到復原或成為完整的一體。它的乏匱可以與另一個維度相比較，像鏡子的背面，這種匱乏是結構上的，而且不可能被創造出來或得到補償。這個史無前例的新問題本身就是一種新的內容，它構成了境遇、問題和困境，以及現代主義試圖要解決的形式矛盾。或許更恰當地說，正是新型的藝術反觀地察覺到了這個問題，體現了被稱為現代主義的形式困境。

　　當我們面臨像第四維度一類的環球空間，而它似乎又在

結構上看不見時，我們首先想到的便是要繪製一個版圖：《尤利西斯》決不是第一個，也不是唯一的一個，在帝國主義階段的文學作品把賭注押在地圖性能之上的。康拉德的《黑暗的心》的標題,無論它所包含的其他意義是甚麼，實際上是由作為參照系的製圖學(cartography)所決定的。但是製圖學不是解決問題的辦法，它起碼在認識論的理想形式中是問題的本身。這種認識論的形式是全球範圍內社會認知的圖解。這個地圖——如果我們要繪製一個地圖的話——必須從關於個體的空間觀念的需求和限制那裏來開始繪製。由於人們一般認為英國是典型的帝國主義勢力，也許，我們最好先舉一個關於英國空間經驗的例子：

> 列車向北行駛着，穿過無數隧道。僅僅是一小時的旅行，但是默恩特太太卻不得不一次又一次地打開和關上車窗。列車載着她通過了具有悲劇名聲的南韋林隧道，越過了長長的高架橋。高架橋橫跨寂靜的牧草地和泰溫河夢幻般的流水。她看到了政們的郊外花園。有時候，大北高速公路與她結伴而行。大北高速公路比鐵路更暗示着無限性，從一百年的酣睡中醒來面對的是由汽車的惡臭氣所代表的生活，是由治膽病藥片的宣傳廣告所意味着的文化。對於歷史，對於悲劇，對於過去，對於將來，默恩特太太保持同等的漠不關心；她要集中考慮的是旅行的終結，如何把海倫從糟透了的困境中拯救出來。[8]

這個段落引自《霍華德莊園》開頭的幾頁，表現了福斯特的雙

---

⑧　　E. M. Forster, *Howards End* (London, 1910; New York: Knopf, 1921), 14–15; 以下的引文均出與同一版本。

重性，它提供了一種令人欽佩的純樸，而這種純樸卻佈滿着陷阱和虛假的線索。複雜的哲學隱藏在純樸的表面下着，它包括對自然和工業化的反思、對真實和不真實的生存空間的反思、海德格爾式的焦慮，以及那種確信不疑，然而又是圓滑得體地對英國階級的現實的認識。這部小說在後面的章詳中，才開始明確地講述讀者在此被鼓勵去忽略掉的一個不可避免的信息。讀到後面時，我們可以翻回到第一頁，仔細閱讀和評註這個段落，找出它要傳達的信息。這個信息是對空間表述和空間觀念的註解：哲學思想（正如我們將要看到的，哲學涉及空間）會最終依賴空間，如果沒有空間，哲學將是不可言喻的。當然，這是一種影視圖像的空間，愛因斯坦式的觀察者乘火車穿過一片風景地帶，對景色的觀察一旦形成便由景色所改變。最重要的並不是電影這個新生事物可能對福斯特所產生的影響，也不是新生電影對一般現代主義小說的影響，而是兩種不同的形式發展的相互影響，這兩種形式似乎在主體和客體之間建立了某個空間，在主體和客體之間創立了第三個術語。影視圖像既非主觀亦非心理——它不涉及私人或個人（出於我在前面提到的原因，把現代主義的特徵定為內趨是錯誤的）。但是它也不像敘規概念中的現實主義或經驗主義那麼客觀：事實上，對一個真正的後現代人來說，沒有比像「攝影圖像式的現實主義」(photographic realism)這類具有爭議的術語，更為令人厭惡和難以忍受的了——似乎攝影（在今天是如此神秘和富有矛盾的經驗，沒有任何值得讓人欣慰或信賴的東西）對我們來說是最不能保證逼真性的。這就是，為甚麼說：儘管「風格」(style)與現代主義同時出現，並且一直是各式各樣的現代主義的一個範疇，但是當後現代時刻使心理主義黯然失色時，它卻又一次消失。有必要把它同心理學和主體性的敘規觀念區別開來。影視

圖像起着治療的效用，機器代替了人類心理學和理解力。最有效的方法是對空間經驗所作的解釋來重新組構風格的概念，把它同現代性的產生聯繫在一起，也要把它同令人迷惑的現代主義最初盛行的各種各樣的場所聯繫起來。

福斯特充其量不過是個暗地裏的現代主義者，他也許不大能夠證實這個過程；然而我們所感興趣的是現代主義出現時的發展趨向，而不是它的鼎盛時期。同時，如果我們說英國這個帝國主義的心臟是最不適合發展本土現代主義的民族區域的話，⑨那麼這顯然與我們目前的論題有關。

這個信息的某一時刻體現了現代主義語言的一切可能性，體現了從波德萊爾到艾略特的過去與將來，也體現了本能的自身：一個由默恩特太太所瀏覽的窗外景物而強化的形象，即「大北高速公路……暗示着無限性」。我們當然可以知道這意味着甚麼，讀者在腦海中如實地放映着關於高速公路的內在視覺電影——高速公路連綿延伸，時而與鐵路岔開，曲線行進，它顯得空曠，無休無止，偶爾出現的幾輛行駛的汽車，更加強了觀察者對這條巨大的傳送帶的注意；最後，它那孤寂淒涼的形象消失了蹤跡。高速公路比處於現代化和商業化歷史中的鐵路所造成的不可避免的污染，要更接近「現代主義」的含義。起碼，高速公路的形象使我們這麼去觀察；然而，當我們開始理解釋為甚麼福斯特繼續使用「無限」這個字眼，以及理

---

⑨　這是Terry Eagleton, *Exiles and Emigres* (New York: Schocken, 1970)一書中的立場。伊格爾頓認為，所有我們以為是英語正典的最重要的現代作家，實際上如果不是外國人也是不同的社會邊緣人。可以與英國相比較的當然是奧匈帝國，它擁有一切最重要的現代主義藝術（和哲學）。Hugo　von Hofmannsthal　May便是一種非奧地利的規範。他的《坎多斯爵爺的一封信》(*Letter form Lord Chandos*)是發現和譴責「現代性」的文本範例。

解這個詞的真正含義是甚麼的時候，含義本身卻變得模糊不清
起來。也許，我們最好把這個現代主義「風格」的時刻看作是
把意義的呈現壓縮成對物體觀察的一個註釋。事實上，閱讀所
遇到的難題是這個形象結構在客觀上的非確定性：我們不能夠
肯定大北高速公路是意義還是手段，不能判定鐵路是否就是對
模糊不清的、形而上學的概念「無限」一詞的具體化，如同波
德萊爾(Baudelaire)描寫的那樣。把「無限」一詞轉換為物質視
覺物，使這個模糊而高尚的字眼在文本游戲中成為一個生動的
語言學游戲者。另一方面，我們不能判定，具有崇高威望的形
而上學觀念是否應該與平凡的高速公路發生共鳴，使高速公路
帶上萬物有靈論的色彩，因而成為單純的表述許諾，而不去證
實它的一般作為「象徵符號」的意義。現代主義本身就是如此
猶豫不決；它在福斯特所描寫的形象的空間縫隙中浮現；它說
明了物質的偶然性，也說明了用僵死的抽象哲學對不存在的意
義的追求，以及這兩者之間所產生的矛盾。解決這個矛盾的方
法，即所謂「風格」，應該是改變（現有的）空間或觀念的
「意義」，取而代之以（過去曾經有過的或也許在將來會出現
的）另外一種意義。

　　但是福斯特筆下的形象也具有平常的「意義」，正如他
的小説的其他部分，告知我們的那樣。只要我們不忽視小説的
空間和觀念基礎，不放棄重視該小説所依賴的、關於人的軀體
和感官的新現代主義語言，我們就完全有理由來揭示這個更為
平常的意義。福斯特把「場所」引申為「所有世俗美麗的基
礎」，解釋為人類關係和自然風景的兩條攣生道路：「我們想
向他展示，」瑪格麗特這樣談論着那個可憐的倫納德·巴斯
特，「他可以怎樣改變生活。一如我説的那樣，朋友或鄉村、
某個非常可愛的人或地方，可以減輕生活中日常平庸的灰色；

同時，我們也該明白，生活本身就是灰色的。如果可能的話，一個人應該具有這兩個條件。」（第145頁）當然，「場所」指的是鄉村別墅本身——霍華德莊園；「可愛的人」便是故去的威爾克斯夫人。威爾克斯夫人開始與她的住所融為一體，實際上幾乎成為「地方守護神」(a genius loci)。然而，表述的困境在於，如同我們前面所說的形象一樣，作為人物的威爾克斯夫人是由於霍華德莊園這個具體的場所使之成為可能，同時霍華德莊園也從威爾克斯夫人的精神那裏獲取了動人心弦的魅力。一個偶爾的碰面變成由一個女人主持的烏托邦社會團體，這個女人基本上等於這個烏托邦社會團體的神經精魂；[10] 重新發現的烏托邦自然風景轉化成第十九章中對理想（和反父權的）英國的、近乎莎士比亞式的歌頌——它們的結合和與這兩種想像建構的認同，正是福斯特在小說中的政治和美學綱領。

　　然而，正如福斯特本人所清楚表明的那樣，以上的運作是否可以在歷史中實現或完成（雖然小說本身已經完稿），這一點並不明顯。福斯特想要說，現代文明的條件——「現代化」（而非美學「現代主義」！）正在剝奪個人「解脱」和精神「解脱」（如果「解脱」這個詞不顯得太崇高的話）兩者之中的一個。自然風景正在逐漸消亡，剩下的只是更為脆弱的短暫的人際關係網：

　　　倫敦不過是這種流浪文明的先兆，它徹底地扭轉了人的本性，給人際關係帶來前所未有的重壓。處於世界主義之中——如果世

　　　⑩　從形式上看，威爾克斯夫在小說中的位置需要與弗吉尼·伍爾夫的《到燈塔去》中的蘭姆斯夫人相比較。本論文的修訂本對《到燈塔去》進行了分析。

界主義可以到來的話——我們將從地球那裏得不到任何援助。
樹木、草原、山巒將只是個景觀，它曾對人的性格所施加的約
束力量將只能委托給愛情。（第261頁）

此時此刻，我們返回本論文的初始點，即倫敦正是那個「無限
性」。關於它，我們已經瞥見了大北高速公路，起碼我們獲得
了它的一副「漫畫」（福斯特語，第280頁）。但是現在突然
一連串的術語開始重疊起來：世界主義、倫敦、流浪、摩托車
羣、治膽病的藥片，它們作為歷史趨向開始聯合起來，出乎意
料地與「無限性」本身合為一體，同樣出乎意料地成為下列事
物的貶義對立面：場所、霍華德莊園、通過此時此刻而獲得的
解脫、從未存在過的英國的再生（即第十九章中的烏托邦英格
蘭）。但是這並不是富有浪漫色彩的反都市或反現代的懷舊情
緒；這也完全不是面對荒原上無面孔的工業大眾、面對現代都
市世界而產生的保守主義的嫌惡。一個最後的決定因素和現象
鏈中的最後一個認同——在這個意義上的無限性、新的灰色的
無場所性，以及促使它們形成的條件——同樣具有另一個熟悉
的名字：帝國主義。如果要指出其時期的話，我們可以稱它為
「帝國」。帝國使公路伸向無限性，越過民族國家、疆界和限
制；帝國把作為一種新型的空間附聚物或疾病的倫敦，遺棄不
顧；帝國的商業主義產生出一羣在公開場合出現的務實人物，
例如威爾克斯先生。隨着這些人的出現，福斯特個人想要表達
的意思受到了壓抑，轉換成了新的形式（我們在此沒有時間詳
細檢驗這些新的形式）：

汽車體現了自然所寵愛的另一種類型——帝國。帝國生機勃
勃，永不間歇地運動着。它渴望接管地球。它像自由民(yeo-

35

man)一樣迅速和健壯地繁殖着，可以稱它為自由民，它將自己
祖國的美德散播到海外。但是帝國主義者並不是自以為
或看上去像的那種人。帝國主義者是破壞者。他鋪平了
通向世界主義的道路，儘管他的野心可以得到滿足，然
而他所繼承的土地將是灰色的。　（第323頁）

「無限性」與「帝國主義」便是這樣相互認同了。至此，我們
完成了一個循環。帝國主義境遇的一個成份以人的形式出現，
或者說是以敘事人物的表述語言出現。然而，表述是不完全
的，因而在認識論上受到了歪曲和誤解──我們只能看到「帝
國類型」的臉孔的一面，顯示出內在的都市現實。而從根本和
本質上界定「帝國」功能的關係軸上的另一極──殖民地的人
民──在結構上是不起作用的，並且也只能是這樣。作為體系
局限性的結果，帝國民族內部或都市日常生活，與這另外的世
界隔離開來，因而也就受其束縛。[11] 由於表述和認知定位是受
「總體的意願」[12] 支配的，所以必須把那些局限性拉回體系之
中，用一個意象表現出來，即作為無限性的大北高速公路的形
象。一種新的空間語言──現代主義的「風格」──現在變成了
不可表述的、總體的和識標物和替代物（用拉康的話說，是

─────────

[11]　非洲體現在查爾斯·威爾克這個人物身上。查爾斯·威爾克斯在
烏干達為自己父親開辦的大英帝國和西非橡膠公司工作（見第195-196頁）。
至於《印度之旅》，我們應該指出(1)福斯特有好運氣是因為諸多印度方言之
一是「印度英語」，福斯特把印度英語作為外語來學習；(2)這部小說只描寫
了英國人和穆斯林人（正如列維─斯特勞斯所說的，伊斯蘭教是西方最後一
個也是最先進的一神教），印度教被特別列為是「他者」，不能被西方表達
出來。

[12]　Georg Lukacs, *History and Class Consciousness* (Cambridge, MA:
MIT Press,1971), p. 174.

「租賃頂替」[tenant-lieu]或「場所佔據」[place holding]）。這一新的涵意通常被誤稱為現代主義美學。如果說「無限性」（和「帝國主義」）在福斯特小說中是壞的或是消極的東西，那麼其作為軀體和詩學過程的感性的認識，則不再是壞的或消極的，而是正面的成就，它擴充了我們的感覺中樞。新人物的美麗似乎與作為內容的社會和歷史判斷毫不相干。

關於處於表述邊緣或表述極限的這個事件，我已試圖說明它也許還可以表達出內在的空間或宗主國的空間本身，表達出民族日敘生活，民族日常生活是表述內在空間或宗主國空間的基本原始資料。[13] 在帝國世界體系中，這種原始資料現在十分不完整，因而必須用補償的手法把它塑造成一個自足的整體——這正是福斯特以自己的神佐天佑觀所獲取的，他把孤立的主人公之間的機遇、偶然巧合、意外和無意的相逢，轉變成對烏托邦理想團體的一瞥。這一瞥既是道德的又是美學的，因為它構成了一種關係的美學模式，這種美學模式重申它是（無論多麼短暫的）社會現實。社會和美學的巧合，重新匯集了那些看起來比福斯特的作品更為注重美學藝術的作品（例如弗吉尼

---

[13]　我最初對這個問題的思考受到了Gertrude Stein, "What Is English Literature" in *Lectures in America* (Boston: Beacon, 1985)的啓發。由於這部著作現在似乎不再被人們廣泛閱讀，我禁不住想摘錄一段有關的章節：「如果你過着屬於你自己的日常生活，如果你擁有日常生活之外的一切，你自然而然地想要解釋，你自然而然地繼續解釋屬於你自己的日常生活，你自然而然地開始解釋你為甚麼會擁有日常生活之外的一切。你自然而然地開始向你自己解釋，你自然而然地開始向與你一道分享日常生活的人們解釋，開始向一些你所擁有的人們解釋這一切。」（第41頁）

　　其它在論文中引用過的書籍：

Paul Baran, *The Ploitical Economy of Growth* (New York: Monthly Review, 1957).

Jacques Berque, *La Depossession du Monde* (Paris: Seuil, 1964).

亞·伍爾夫的作品）所採取的方式。在此，內在的社會一致性仍然是不完整的，但是內部的社會階級則由於其缺席而被公開標明。（這樣，倫納德才被仔細地描寫成不是無產者，他處於「紳士階層的最邊緣地帶。他不在深淵之中，但是他可以看到深淵，有時候他所認識的人偶爾來訪，但那不算數」。）（第45頁）把倫納德歸類於內部的做法是同對外部或殖民地人民（他們的缺席甚至得不到標明）的排斥尖銳地對照起來的。這種對比大致上與弗洛伊德所稱的壓抑（神經過敏症）與排斥（精神變態）之間的區分是一致的。

這裏所提議的假定——假定在規範的現代主義「風格」的出現和新帝國世界體系的表述困境之間是有聯繫的——只能被因兩者之間的關係而產生的新作品所證實，被從形式和結構上對現代主義進行分析時所採用的一些新穎方法所證實。新穎的分析方法描述出現代主義的歷史特殊性，這種描述在今天對我們來說，比現代主義的同時代人所作的描述要更為有說服力。還有另外一種方法可以證實我的假定，即愛因斯坦式的「思維實驗法」。它是檢驗變差或者美學證偽的一種原則，根據這個原則，我們可以用十分不同的環境和境遇，來考察宗主國或第一世界現代主義實險室裏的試驗。在現代主義的階段，在我們現在所稱的第三世界或殖民地的地方，帝國主義的面孔是野蠻殘忍的威風、赤裸裸的強權、公開的剝削。但是帝國主義世界體制的版圖在結構上仍然是不完整的，因為殖民地主體不能夠把伴隨着帝國關係的第一世界或宗主國的生活轉化為自己的生活體驗。對於一個殖民地人來說，他也不會有甚麼興趣去記住那些新的現實，新的現實是主人所關心的事，被殖民的文化必須乾脆拒絕或者批判這些新的現實。因此，我們需要尋找的是一種例外情況，一種在主人與奴隸之間、在宗主國和殖民地

（這兩種不可相比較的現實）之間，同時存在和相互重疊的情況。我們的變體實驗預先假定存在一種民族境遇(a national situation)，這個民族境遇重新生產出第一世界的社會現實和社會關係的表象——也許通過其使用的語言湊巧與帝國的語言一致的方式，但是事實上，這個民族境遇的潛在結構是與第三世界或殖民地日常生活更為接近的。我們可以把民族境遇中產生的現代主義作品，同宗主國內產生的作品以及前面分析過的作品相比較，考察它們在形式和結構上的差異。在我們的全球體系的歷史偶然性中，存在着這樣的一個特殊空間，它就是愛爾蘭。愛爾蘭獨特的境遇允許我們嘗試地驗證我們的論點。我們可以運用在我們的假設中固有的演繹法，然後把我們推理得出的結論同愛爾蘭的歷史現實相比較。如果我們的命題是正確的，那麼我們會發現，在一些可能是抽象的愛爾蘭現代主義中，存在着一種形式。一方面，這種形式把福斯特的天意相助、同時又是巧合的人物相遇，與伍爾夫的美學閉域聯繫起來；另一方面，這種形式卻又把它們投擲進一個十分不同的空間裏，這個空間不再像英國生活那樣處於中心，而是處於邊緣，以帝國制度中的殖民地區域的方式體現出與中心的偏離。殖民化的空間極大地改變了現代主義的形式規劃，同時仍然保持着帝國現代主義的遠親相似性。我們的推論可以由歷史來證實，因為實際上我正在形容喬伊斯的《尤利西斯》。

　　但是在《尤利西斯》裏，空間並不被描寫成是具有象徵意義的，不被用來獲取結局和意義。空間閉域是客觀的，由殖民境遇所賦予的，因此而產生出喬伊斯語言所具有的非詩歌的、不講文體的性質。在福斯特的作品裏，相遇、巧合、決定性的會面，或者錯過時機的五分鐘的間隔，它們所含的深層現實是對宗主國的嘲弄。宗主國「看起來是一片顫動的地帶，有

理智卻無目的，激動人心卻無愛之情。作為一種精神，它尚未載入編年史之前，便改變了模樣；作為一顆跳動着的心臟，它卻又沒有屬於人的脈搏」。（第108頁）在喬伊斯的作品裏，相遇的是都柏林本身。都柏林這個小型城市時空差錯地容納着現在看起來已經過時了的昔日城邦生活。喬伊斯因此沒有採用有別於城市的美學閉域的形式，而第一世界的現代主義作品，作為一種補償，則必須採取形式的暴力來達到這一點。

更進一步說，人們所稱的現代主義的語言維度——作為現代規範的一個絕對範疇的「風格」——在喬伊斯的作品中並不存在。《尤利西斯》裏找不着福斯特作品裏的空間詩歌那樣的等同物。「我是在沿着散德蒙特海灘走向永恆嗎？」這句話闖進斯蒂芬的意識裏，成為主觀的一部分。在連續性的另一端，「夜城」一章裏失真的空間，與眼睛的距離實在是太近了，幾乎算不上是形象。喬伊斯早期作品裏的傾向於現代主義的個人風格，帶有沃爾特·培特(Walter Pater)矯揉造作的表現手法的痕跡，然而在《尤利西斯》中，殘留的只是有意識地置放一些主要的副詞。除此之外，作為某個絕對主體範疇的風格，在《尤利西斯》中蕩然無存，喬伊斯的語言游戲和語言試驗是不帶任何觀點的、無人稱的、與個人無關的詞句組合和變體。（例如：「愛情喜歡愛情。護士愛上了新來的化學家。康斯坦布爾14A愛上了瑪麗·凱利。克爾特·麥克道爾愛上了那個有自行車的男孩子。……」）由此看來，喬伊斯越過現代主義階段而進入了後現代主義。在「太陽之牛」一章裏，東拼西湊的風格模仿，不僅詆毀了風格的範疇，而且刻劃出英語的風格，即帝國佔領軍隊的風格。

甚至「巧遇」一事——在福斯特和伍爾夫的小說中是很關鍵的部分——也在喬伊斯小說裏具有不同的意義。在喬伊斯的

小説中，人物的巧遇和交叉比比皆是，但是並不帶有其他作品中的那種可疑的神助天佑（父子主題除外）。《霍華德莊園》裏，倫納德看見瑪格麗特和威爾克斯先生在聖保羅教堂相遇；《尤利西斯》裏，斯蒂芬看見布魯姆先生處於尷尬卻又更富美感的時刻。但是後者並不像前者那樣提出疑問。倫敦（或者《曼哈頓轉車處》[*Manhattan Transfer*]裏的曼哈頓）是個聚集物(agglomeration)和宗主國，在此，相遇僅僅是巧合。都柏林卻是一座古典的城市，在此，相遇不僅是正常的，而且也是意料之中的。這就是説，《尤利西斯》的都市觀念包含和引發了對於現代人很重要的相遇和交叉，然而它又促使這些相遇和交叉產生不同的共振。正如我們前面講過的，都柏林仍然保持着古代風韻，因為它也是一座殖民城市：喬伊斯敘事內容裏的這個「特殊性」決定了某些形式上的後果。舉例為證，喬伊斯所描寫的相遇是語言上的相遇，它們是故事和閑話。相遇一旦發生就被同化為言語和講故事。現代詩人或作家需要創造新的語言，以便可以描述現代生活中新近出現的非語言的偶然事件，但是這種作的轉化在喬伊斯的作品裏就不起作用了。《尤利西斯》的本質語言性——喬伊斯本人曾説過，這本書是關於「最後的出色説話者」的——本身就是帝國主義的結果。帝國主義譴責愛爾蘭的古老修辭傳統，譴責它對口述傳統的保留（行動的缺席），把都柏林凝固為一個不發達的鄉村，在這個鄉村裏，閑話和謠言仍然佔有顯赫的地位。同時，歷史必須通過法令從外面輸入和介紹進來，它本身已經是都市構造物的一部分：佔領軍駐紮在這裏，在街上遇到佔領軍的士兵是件很平常的事，佔領軍注視着總督的列隊行進。士兵忽冷忽熱地鼓吹軍事行動，例如刺殺常勝軍的將領，幸存者的出現是一種浮士德式的震驚——這些在集體記憶中仍然是新鮮生動的。英國知識

分子參觀游覽這座有趣味的城市，這也是件很平常的事。民族主義者對民族語言的使用進行激烈的辯論，他們也辯論是否要關閉酒吧和集會場所。供人們相遇和聊天的酒吧或公共場所，本身就是古老城市生活的一個令人愉快的幸存，它們在宗主國文學中，找不到同等的對應物。在宗主國文學裏，不相識的人們的會面必須被人為地安排好，必須設計出開招待會和到夏季別墅休假的場合。

《尤利西斯》裏的「流浪的山石」一章，受到道思‧帕索斯(Dos Passos)的文學斷續剖面的直接影響。這一章表現出現代主義處理空間的不同方式，證實了規則的例外。這一章的非連貫性僅僅是表象：我們事實上已經知道，不相干的人物是由相識和歷史把他們聯繫在一起的。視角的轉變，馬上便可以引起外在機遇和巧合的幻覺完全消失。「奧德賽」類比的自身——它作為美學設計和美學引喻，從表面上與弗吉尼亞‧伍爾夫的《到燈塔去》裏的油彩畫相同——必須在帝國主義語境之中重新得到考慮。當然，巨大的形式假托允許喬伊斯詳盡地發揮各個章節之間的偶然性，不去尋找更深層的動機和意圖。（類比的其他層面，例如顏色、轉義素、身體的部件，更像弗洛伊德的「第二次闡釋」，而不太像真正的象徵主義。）但是應該強調的是，在此探討的並不是「奧德賽」的意義，而是它的空間特徵。「奧德賽」起着地圖的作用。事實上，喬伊斯對「奧德賽」的閱讀是：經典敘事的閉域是一個完整和封閉的全球地圖，似乎各個情節段落本身在空間中匯集在一起，閱讀這些情節段落無異於閱讀地圖。現代文學中其他的經典作品均沒有這種特殊的空間維度（即各式各樣的希臘悲劇的主題）。事實上，似乎這個第三世界的現代主義機智巧妙地把帝國關係的老底兜了出來，盜用了地中海的大帝國空間，以便組建殖民城

市的空間，把殖民城市的路程和途徑變成了形式的閉域和宏偉的文化紀念碑。

我們可以在西方現代主義中找到帝國主義的蹤跡，實際上，帝國主義的蹤跡構成了西方現代主義，但是我們不應該在內容或表述的明顯地方去尋找它們，除了愛爾蘭文學和喬伊斯這兩個特殊的例子之外。我們應該在第一世界的現代主義文本裏，從空間上，發現作為形式症狀的帝國主義蹤跡。

馬克思主義與歷史主義*

一

　　馬克思主義與歷史主義的關係是更大問題——馬克思主義
闡釋學——的一部分，但在此恕我不能夠充分討論這個問題。
我們首先觀察到一般處理這個問題的兩條路線——歷史主義的
路線和闡釋符碼的形式主義路線，另外還有一條第三種路線，
它是與前二者較為疏遠的「表述」(representation)主題。它們
是今天各種形式的後結構主義所面臨的主要問題，也是意識
形態的目標，雖然對這三個概念的全面哲學批判尚未開始。
「太凱爾」(Tel Quel)小組的成員，例如巴特、德里達、鮑德拉
(Baudrillard)、利歐塔(Lyotard)等人在假定這個問題的存在的同
時，又以他們自己的著作增加了馬克思主義闡釋學的疑難問題
裏這一或那一部分；福柯在其著作《事物之秩序》(*The Order of
Things*, 1966)和《知識考古學》(*The Archeology of Knowledge*, 1969)
裏，對歷史主義進行最有組織的批判，德勒茲(Deleuze)和加塔
利(Guattari)在《反俄狄浦斯》(*Anti-Oedipus*, 1976)一書中對闡釋
進行了最有系統的抨擊。但是所有上述所寫的著作都建立在一

　　*　　原題"Marxism and Historicism," in *New Literary History*, vol. XI, No.
1, Autumn 1979, pp. 41–73. © 1979 by *New Literary History*, The University of
Virginia. Translated by permission of The Johns Hopkins University Press.

個更為基本的主導本文，即阿爾都塞的《閱讀〈資本論〉》
(1968)的假定之上。由於《閱讀〈資本論〉》這本書明顯地處
於馬克思主義框架之內，美國讀者也許對它不如對當代法國理
論的其他著作那樣熟悉。阿爾都塞對馬克思歷史主義和經典闡
釋學（他稱之為表述因果關係[expressive causality]，的批評是本
論文的基本參照系數，儘管我們在此不能夠直接討論阿爾都塞
的重要著作。[①]

為了解釋這一點，我只能簡單說一下[②]：馬克思主義闡釋
學比今天其他理論闡釋模式要更具語義的優先權。如果我們把
「闡釋」理解為「重寫的運作」(a rewriting operation)，那麼，
我們可以把所有各種批評方法或批評立場置放進最終優越的闡
釋模式之中。文化客體按照這些闡釋模式隱喻地重新寫過。闡
釋模式有不同的形式：結構主義的「語言形式」或「語言交
流」、某些弗洛伊德主義和一些馬克思主義的「慾望」、經典
存在主義的「焦慮和自由」、現象學的「暫時性」(tem-
porality)、榮格或神話批評的「集體潛意識」、各種倫理學或
心理學式的「人文主義」（人文主義主要研究人格的完整、人
的特徵、人的異化和非異化、心理的再統一，等等）。馬克思
主義也提出一個主導符碼(a master code)，但是這個主導符碼並
不像人們有時所認為的那樣是經濟學或者是狹義上的生產論，
或者是作為局部事態/事件的階級鬥爭。馬克思主義的主導符

---

①　參閱：Louis Althusser et al., *Reading Capital* (London, 1970)中的第
五章和第九章。對「阿爾都塞主義」最有系統的批判，並且強有力地重申了
馬克思主義的歷史特徵的著作是：E.P. Thompson, *The Poverty of Theory*
(London, 1978).

②　參閱拙作 *The Political Unconsciousness.*

碼是一個十分不同的範疇，即「生產模式」本身。生產模式的
概念，制定出一個完整的共時結構，上述的各種方法論的具體
現象隸屬於這個結構。也就是説，當今明智的馬克思主義不會
希望排斥或拋棄任何別的主題，這些主題以不同的方式標明了
破碎的當代生活中客觀存在的區域。因此，馬克思主義對上述
闡釋模式的「超越」，並不是廢除或解除這些模式的研究對
象，而是要使這些自稱完整和自給自足的闡釋系統的各種框架
變得非神秘化。宣稱馬克思主義批評作為最終和不可超越的語
義地平線(semantic horizon)——即社會地平線——的重要性，表
明所有其他闡釋系統都有隱藏的封閉線。闡釋系統是社會整體
的一部分，以社會為自己的研究對象，但是，隱藏的封閉線把
闡釋系統同社會整體分離開來，使闡釋成為表面封閉的現象。
馬克思主義的語義批評可以打破封鎖線。例如，當我們一旦理
解到弗洛伊德的心理模式最終依賴於家庭作為機構的具體社會
現實時，我們就會重新打破弗洛伊德的心理模式闡釋的封閉
線，並可以辯證地超越這種闡釋。所有後結構主義對闡釋批評
的「隱喻式的重寫」，總是假定某些表述形式的優越性，在本
篇文章裏指所謂「歷史」的表述方式。我們別無它法，只能申
明正是在這一方面馬克思主義闡釋學可以同以上所有的闡釋方
法明顯地區別開來，因為馬克思主義闡釋學的「主導符碼」或
曰超驗所指(transcendental signified)，並不是表述，而是「缺席
的原因」(an absent cause)，不可能獲有完整的表述。歷史本身
在任何意義上不是一個本文，也不是主導本文或主導敘事，但
我們只能了解以本文形式或敘事模式體現出來的歷史，換句話
説，我們只能通過預先的本文或敘事建構才能接觸歷史。

　　在討論本文的正題——歷史主義——之前，我提出了關於
闡釋問題的初步意見。現在，我將回到對歷史主義的討論。我

下面將要談及「歷史主義」這個術語在今天學術界的含義（「歷史主義」在今天是一個頗費躊躇的術語）。讓我們此刻先在經驗或敘識上，把「歷史主義」看作是我們同過去的關係，它提供了我們理解關於過去的記錄、人工品和痕跡的可能性。

任何「歷史主義」的兩難處境都可以表現於在相同與差異(identity and difference)之間進行的特殊的、不可避免的、然而似乎也是無可救藥的選擇。當我們要決定分析關於過去的形式或客體時，我們首先要在相同與差異之間作出隨意的選擇，我們的選擇支撐着我們與過去的的聯繫。一方面，就像薩特式的自由一樣，我們不可能不在多種可能性中挑選一種（我們在更多的場合下沒有意識到自己已經作出了選擇），另外一方面，我們的決定本身承認了經驗，這個決定是絕對的預先假設，超出進一步的哲學辯論範圍（我們不能夠求助於任何關於過去的經驗式的調查，因為經驗本身就建基於初步的預先假設上）。我們可以十分簡單地說明這種同時也是令人難以忍受的選擇：如果我們贊同我們自身與陌生客體是相同的話，換句話說，如果我們選擇喬叟、或一個維納斯塑像、或一個十九世紀俄國紳士的敘事，而這些選擇多多少少地與我們自己的文化邊緣性有聯繫的話，那麼我們已經預先假定將要展示的東西，以及我們對陌生本文的表面「理解」受到了某種困惑的騷擾。我們一直局限在我們自身的存在之中——我們的存在是消費者的社會，有電視機和高速公路，有世界冷戰，也有後現代主義和結構主義——我們根本沒有離開過家園，我們對「理解」(Verstehen)的感覺與心理投射沒有甚麼區別，我們不能夠接觸到與我們的現實真正不同的另一種現實的陌生性和抵抗性。然而，如果由於誇張性疑慮的結果，我們決定顛倒這個立場，從一開始就贊

同陌生客體與我們之間存在着巨大差異的話，那麼所有導向理解的大門都對我們關閉起來，我們發現自己被我們的整個文化密度與定為異己的客體或文化隔離開來，因此我們無法接近異己的客體與文化。

古典世界的地位很久以來就是這種兩難境地的範例。當我們認為希臘形式和拉丁本文是古典時，我們承認的,不僅是這些正規的語言和符號系統與我們自己的美學價值和美學理想相一致,我們還承認通過美學經驗的象徵媒介,在兩種社會生活的模式之間,存有一整套政治相似性。今天我們可以更好地理解這一點。在今天，希臘形式———一般認為拉斐爾(Raphael)的藝術達到了古典美理想的最高境界———被認為是枯燥乏味毫無吸引力的,人們更樂意以不同的方式重新書寫希臘形式。尼采對酒神狄俄尼索斯和反宗教的神秘主義的重新肯定、劍橋學院派對宗教儀式的研究、弗洛伊德本人（和列維—斯特勞斯[Lévi-Strauss]以原始神話重新對俄狄浦斯傳說的撰寫）、顛覆古典學術的決定性打擊（例如喬治·湯普遜[George Thompson]的著作、多茲[Dodds]的《希臘人與非理性》，以及最近法國對古典文學的研究）、最重要的是當代對希臘事實所重新進行的美學評价和闡釋（例如卡爾·奧夫[Karl Orff]的戲劇《安提戈涅》———所有這一切匯合起來製造了另一個希臘,不是珀里克利斯(Pericles)或帕森尼(Parthenon)的希臘,而是野蠻不開化的部落、非洲或地中海的希臘、充斥着性別岐視主義的希臘———一個帶着面罩和被死亡、宗教狂熱、奴隸制所籠罩的文化,一個嫁禍於人的、陽具中心和同性戀的文化。這個文化恢復了阿茲台克(Aztec)世界的惊人的吸引力和異己性。這種強大的反意象(counterimage)是由我們自己的集體幻想和太陽神阿波羅古典主義造成的。我們可以從別的歷史題材中看到這些題材與阿波羅

古典主義的血緣關係：小說《一九八四年》中表達出的一系列相同的「極權統治」幻想、魏特夫(Karl August Wittfogel)的《東方專制主義》(*Oriental Despotism*)、對斯大林主義「官僚機構」的通俗描寫，以及對皇帝統治和古代權力系統的各種意象的循環再現（特別是在科學幻想小說中）。雖然如此，這些新題材的內容使得我們可重新評價過去關於古典世界的想像力。如何看待古典世界，與其說是個人嗜好，不如說是一整套社會和集體的鏡像，在此鏡像中，新藝術風格的生產——新古典主義——被用來作為政治合法性的工具；英國貴族寡頭政治集團是佔統治地位的社會階層，在工業化和商業化，以及同受到損傷和從精神與肉體上異化了的、無產階級的異己成分的、敵對環境中堅持自己的優越性，因而把自己封閉起來。英國貴族寡頭政治集團從只成功地遺留下了文化模式的奴隸制貴族城邦文化中，看到和肯定了自己本身的理想形象。

很清楚，古典世界的兩個形象——和諧的城邦的形象與十分陌生的另一種社會生活模式的「東方主義」的形象——互不相通往來地共同生存着。這兩個形象帶有深刻的意識形態觀念，我們不能夠太快地得出結論，認為「超出價值觀」(value-free)因而是「科學的」歷史編纂學可以讓我們擺脫相同與差異的二元對立，使我們洞察意識形態的表述，用一種對古代世界現實所作的「客觀」敘述來取代意識形態的表述。也許正相反，我們需要考慮到我們同過去交往時必須要穿過想像界、穿過想像界的意識形態，我們對過去的了解總是要受制於某些深層的歷史歸類系統的符碼和主題，受制於歷史想像力和政治潛意識。無論如何，這些假設正是我們現在要探索的問題。

二

有四種解決歷史主義困境的傳統方法，這些解決方法有些像一個聯合體(combinatoire)或結構置換規劃。我稱這四種方法為「文物研究」(antiquarianism)、「存在歷史主義」(existential historicism)、「結構類型學」(structural typology)、「尼采式反歷史主義」(Nietzschean antihistoricism)。這四種立場中有兩種等於否認或批判歷史主義困境問題本身的立場。

從單純文物研究中，我們可以最直接地觀察到對歷史主義困境的否定。在文物研究裏，過去並不把它的愛好強加於我們，過去的遺址不因為熱忱奉獻給英明女皇或為一部十九世紀工業小説，而提供正當的「研究主體」或合適的理由。過去的遺跡只被認為是歷史事實，如同所有不可改變的歷史事實一樣。文物收藏作為個人嗜好而具有幽靈似的第二生命。我們不禁要説這個立場以廢除「現在」的簡單姿態，「解決了」現在與過去的關係的問題。文物研究中的「現在」的標誌體現了馬爾維爾(Melville)的那句話裏：「一位在語法學校工作的患晚期肺結核的門房，喜歡擦拭自己的發黃陳舊的語法書，這些舊語法書不知怎地溫柔地令他想起自己的死期將臨。」歌德的《浮士德》中，第一個場面裏的焦慮足以表達單純文物研究立場的令人窒息的苦惱，而尼采的《歷史的利用與濫用》正是針對這種立場而進行的辯證反應和反擊。

但是我們不能認為不具備任何理論辯護的文物研究的立場可以推翻理論本身。事實上，文物研究是歷史編纂學中強大意識形態的文化相應物與意象，即經驗主義本身。我們現在沒有必要再排演一番對經驗和經驗主義歷史編纂學的許多強有力的起訴控告，這些控告可以用雙重診斷來再現：批判理論本身

就是理論，客觀「事實」的概念本身就是理論建構。在此，我只局限於把經驗主義立場看作是一個第二等次的、反應式的、批判性的或解除神秘化的立場。德勒茲和加塔利把這種立場稱為對預先存在的和常規的闡釋符碼的「解碼」形式，不論這些常規闡釋符碼是民間傳說或通俗故事（古代歷史編纂學），還是對歷史的理論洞見（啓蒙主義歷史編纂學），也不論它們是對偉人的所作所為和命運的單純順時敘事（十九世紀的新生社會史），或是當今的馬克思主義的歷史觀。[③]如果是這樣的話，經驗主義歷史編纂學或曰文物研究便不是自身的第一立場，而是預先假定已經存在其他的歷史觀，把推翻其他歷史觀視為自己的立場和使命。

三

　　對待過去的第一個有真正實質的理論立場是我們所稱的「存在歷史主義」。「存在歷史主義」表達一種意識形態立場和一整套理論綱領。由於一般對「存在歷史主義」這個術語有些偏見，我們需要事先解釋一下「存在歷史主義」這個術語[④]。後現代讀者把阿爾巴赫(Auerbach)對德國歷史主義的讚美同阿爾都塞對「存在歷史主義」的典範抨擊相比較對照一下，便可以覺察出他們兩個人對「存在歷史主義」的不同理解之諷喻性。這兩位作家也許在談論不同的意思，但是無論如何，這個術語已經成為一個意識形態和充滿爭議的戰場，起碼在這裏我們必須注意到這個意識形態的框架。

　　[③]　參見：J.H. Hexter Christopher Hill 兩人在 *The Times Literary Suppliments* (of 24 October and 7 November 1975)上的筆談。

　　後結構主義對「歷史主義」的批判，出於同樣的、成問
題的、對「共時性」所賦予的優先權。後結構主義對「歷史主
義」的抨擊是對兩種相互聯繫的分析敘事模式的批判，這兩種
分析敘事模式分別為「本原」(genetic)模式和「目的論」
(teleological)模式。目的論模式很容易理解，因為它處於馬克思
主義（也包括今天的後馬克思主義）批判和否定「進步」
(progress)論的框架裏。出於十分不同的原因，「進步論」成
為資產階級思想的特徵，這點我們可以從亨利‧亞當斯和H.G.
威爾斯一直到五十年代冷戰時期主張「意識形態已經終結」的
反烏托邦的思想家那裏清楚地看出來。在此，目的論(teleology)
相信「實證」歷史和「歷史的終結」。目的論以「歷史的終
結」為名義來說服人們為「未來」而犧牲自己的現在。救世
主、「人文主義」或斯大林主義對「未來」所編造出的欺騙性
意象，被指責為從根本是宗教（和專制主義）思維模式的病
症。我們很樂意清除馬克思主義中的任何資產階級「進步論」
的痕跡，但是要完全放棄馬克思主義關於未來的觀點，則是十
分困難的（在清除馬克思主義關於未來的觀點過程中，馬克思
主義本身也將被逐漸地消除掉）。同時，如果這就意味着「目

---

④　評論歷史主義的著作有：

Ernst Troeltsch, *Der Historismus und seine Probleme* (Tübingen, 1922).

Friedrich Meinecke, *Die Entstehung des Historismus* (Munich, 1959).

Karl Mannheim, "Historicism," in *Essays on the Sociology of Knowledge* (New York, 1952), pp. 84–133.

Erich Auerback, *Mimesis* (Princeton, 1953), pp. 443–448, 473–480, 546–551.

Claude Lévi-Strauss, "History and Dialectic," in *The Savage Mind* (Chicago, 1966), pp. 245–269.

A.J. Greimas, "Structure et histoire," in *Du Sens* (Paris, 1970), pp. 103–116.

的論」的話，我們便可以表明我們所稱的「存在歷史主義」完全不預先假定甚麼目的論。

至於「本原」歷史主義，雖然它可以在意識形態上與目的論思想聯繫起來，可以認為目的論是「本原」歷史主義的投射和神秘化過程，但是從嚴格的形式上說，「本原」歷史主義式的分析——我們可以把它看作是十九世紀思想的具體轉喻——與關於未來和進步的觀點並沒有必要的聯繫，儘管這兩個模式具有某些敘事相同性。目的論思想認為，墮落的現在向秩序井然的未來進展，這種敘事被本原思想移到了過去，建構了具有歷史實質的、進化論的、一個想像的過去。因為十九世紀歷史語言學（和索緒爾反對歷史語言學所使用的革命的「共時性」）的例子已是眾所周知，我在此不再贅述，只舉一個不相同的例子：巴喬芬(Bachofen)對「原始」母系社會的重構。巴喬芬認為，在經典本文和人造品向我們展示的父權古典文化之前，曾經存在過一個「原始」母系社會，他假定這個「原始」母系社會是真實的歷史事件或歷史舞台：「在所有與我們研究對象有關的神話裏，我們都能發現關於人類發生的真實事件的記憶。這些不是虛構物，而是人類真正經歷過的歷史命運。」[5] 巴喬芬對這一假定所作的理論辯護是「本原」或「進化論」方式的典型表達法：「一個真正科學的認識論，不僅回答關於事物本質的問題。它試圖揭示事物發生的源頭，以及把源頭同其隨後的發展結合起來。只有當知識包括了起源、發展和最終命運時，知識才真正轉變為大寫的理解(Understanding)。」[6]

---

[5]　J.J. Bachofen, *Das Mutterrecht* (Frankfurt, 1975), p. 103.

[6]　同上，第8頁。

　　如果不作起碼的解釋，便把本原比喻拋進歷史的煙灰缸裏的話，則有些不妥當。儘管比喻中不加思索地使用了「源頭」(origin)這個術語，「本原」比喻與十八世紀對絕對本原的迷戀是完全不同的（我們可以從十八世紀對社會起源、語言起源、創世、或前達爾文進化論的討論中，觀察到十八世紀對絕對本原的着迷）——可以說是康德終止了這種對本原的迷戀。按照愛德華・賽義德(Edward Said)的區分，十九世紀的「歷史主義」，甚至那種「本原」式的歷史主義，並不對絕對的源頭(origins)感興趣，而是對「初胎」(beginnings)更感興趣。十九世紀的歷史主義的歷史敘事——不論其意識形態的啓迪如何——建構出一個由事實組成的世界，在這個世界裏，起源的問題從一開始便被排斥在外，人們必須學會處理阿爾都塞式的「總是已經預先存在的事實」(toujours-déjà-données)。

　　另一方面，我們應該注意到「本原」式方法與結構歷史編纂學(structural historiography)完全不同：「本原」歷史主義只使用一個術語，以便構築一個僅僅是假設的、初步的對立術語，例如巴喬芬關於「母系社會」的觀點、摩根關於「野蠻人」和羣體雜婚的觀點，以及那些關於原始印歐語系的語言學推測。而結構歷史編纂學則使用兩個現成的術語，「封建主義」和「資本主義」。結構歷史編纂學不試圖把「封建主義」重新塑造成「資本主義」的前身，而是要建立一個從一個形式到另一個形式之間過渡的模式，這樣便不再是「本原」的推測，卻是對結構轉變的調查。

　　最後，為了防止進一步的困惑，我們必須同索緒爾一道，承認馬克思的《資本論》不是這種本原建構，而一是個共時模式。儘管對進化論的責備，往往也伴隨着對本原主義的責備，我們還是應該注意到達爾文——與比他早些時候的進化論

或較他晚些時候的達爾文主義相對照——在這種意義上，也是
主張共時性的。作為「無意義」和非目的論過程的自然競爭的
共時運作力量一旦被納入某些神聖主宰的宏偉計劃，並成為基
石時便喪失了意義。需要對本原歷史主義和共時性模式這兩個
論斷進行補充的是，共時性樣式並不絕對懷疑作為研究和表述
對象的歷史，而是要找尋一個嶄新和獨創的歷史編纂學的模
式，在歷史編纂學的敘事模式或換喻中，找出結構的置換。這
種新式反本原模式，被尼采在自己的理論中稱之為「系譜學」
(genealogy)，福柯稱為考古學(archaeology)，即：對產生任何完
全共時模式的可能性的條件進行敘事重構。讓我們返回《資本
論》，馬克思對商品和商業資本的分析，以及對原始積累的階
段的分析，是重構資本產生之前的預備期條件。同時我們知
道，在封建主義之內，這些現象並不預示任何事物，因為在那
個共時系統中，如此的資本尚未存在。

　　談論了以上的問題，我們便可以站在更好的立場上來提
出本原比喻所引起的更為有趣的問題，這些問題不涉及本原比
喻的「真理」或「謬誤」，因為只有在我們決定此種思維模式
是意識形態的或是不周全的思維模式之後才會產生這些問題。
索緒爾不耐煩地表示：「與我所情願的正相反，所有這些都會
到頭來出現在一本書裏，在這本書裏我會毫無激情或熱情地解
釋為甚麼今天語言學中沒有一個術語對我來說具有任何意
義。」[7] 這表現了一種更為令人滿意地使本原比喻帶有歷史意

　　[7]　給Antoine Meillet的信(1894年1月4日)，刊登在 *Cahiers Ferdinand de Saussure*, 21 (1964), 93. 參閱我的 *Prison-House of Language* (Princeton, 1972), pp. 3–39 中對阿爾都塞的「共時性」的討論。

義的方法，即：我們需要問一下我們自己，甚麼是這種特別的
「意義－效果」或「理解－效果」的最初狀態，以及當時知識
分子為甚麼對它所提供的歷史敘事感到滿意。這樣，我們也許
可能理解作為概念假定和現象學對生活經驗的投射的本原比
喻。這種獨特的生活經驗屬於十九世紀資本主義的工業化民
族。古老的前資本主義的傳統鄉村生活團體逐漸解體，並被新
生工業城市所取代。對於生活在兩種系統裏和橫跨這兩種不同
的社會模式的人們來説——他們既不像相比之下比較靜止的前
資本主義社會的居民，也不像當今世界的後自然的消費社會裏
的居民——空洞的本原比喻，也許提供了把前資本主義社會和
資本主義社會聯繫起來的令人滿意的方法。因此如果我們説
「本原比喻」以概念敘事機制來解決今天的資產階級文化革命
經常委婉地稱之為「現代化」本身的現存矛盾，我們的這一假
定似乎並不牽強附會。無論如何，把本原比喻的「偽意識」重
新置放進具體的歷史境遇裏，對我們現在的語境有額外的好
處，因為它提供了一個可能不同的「歷史主義」模式的歷史運
作，這種「歷史主義」與本原方式本身毫無關係。

四

這樣解釋了本原歷史主義和目的論歷史主義之後，我們
現在可以不再去考慮它們，而要來檢驗一個十分不同的理論立
場，即存在歷史主義本身。存在歷史主義的理論來源，出自於
狄爾泰(Dilthey)，在狄爾泰之前也許還可以在蘭克(Ranke)的著
名箴言中找到：「每一個時代都緊靠着上帝」，換句話説，每
一個文化都可以自圓其説。因此，存在歷史主義的主要實踐者
都是研究業已瀕於絕跡的偉大德國語文學傳統的文化歷史學

家、語言學家和圖像學家。其中阿爾巴赫和斯賓塞關於德國語文學的著作、柏諾夫斯基(Panofsky)關於藝術史的著作和瓦爾勃格研究院的著作，在英語世界的文化研究中仍然是至關重要的。但是我們不應忘掉，提起在其他民族傳統中的這種歷史主義的獨創形式，最著名的有克羅齊、柯林伍德的著作，以及由西班牙語作家奧特卡(Ortega)和阿馬利柯·卡斯特羅(Americo Castro)的著作中所體現的重要的歷史主義分支。然而從機構的觀點來在看，存在歷史主義最強有力和帶有權威性的不朽功業，在正式的「人文學科」中找不到，卻是由美國人類學的弗蘭斯·博厄斯(Franz Boaz)學派所代表的。博厄斯學派公開反對本原歷史主義和進化論。在他們的實踐中，存在歷史主義所關注的歷史經驗，延伸到包含作為歷史經驗的整個「原始」文化。⑧ 在這裏我們可以注意到，儘管黑格爾的歷史本身是按照「目的論」模式而敘述的（例如他的「世界精神」），但是他的那個備受眾人攻擊的「絕對精神」，卻不能被準確地容納進歷史的最後階段。「絕對精神」意在描述：當歷史學家沉思默想各種各樣的人類歷史和文化形式的時候，他是如何思維的。

存在歷史主義並不涉及線狀的、進化論的、或本原的歷史，而是標明超越歷史事件的經驗，或者說：作為歷史性(historicity)的經驗，是通過現在歷史學家的思維，同過去的某一共時的複雜文化相接觸時體現出來的，即：存在歷史主義的方法論實際上是一種歷史和文化的美學。另一方面，所有古典德國美學的實踐，在於暫時中止了的經驗（這種經驗被黑格爾著名

---

⑧　參閱：Marvin Harris, *The Rise of Anthropological Theory* (New York, 1968), 第十章。

的公式稱為「生活的禮拜日」，它也在米納爾瓦[Minerva]的貓頭鷹尋求避難所的黃昏的意象中表現出來）。同時，存在歷史主義對研究對象所施予的全神貫注的注意力，基本上是美學鑒賞和重新創造方式的。存在歷史主義的研究對象包括表現過去歷史瞬間或獨特和遙遠文化的本文。因此，文化和歷史時刻的多樣性成為巨大的美學激奮和滿足的來源。存在歷史主義的這兩種力量也是（我們下面將要談到）存在歷史主義的理論和意識形態的謬誤所在之處。面對幾乎是無窮無盡的文化種類，存在歷史主義需要制定統一的原則，來防止陷入經驗主義歷史編纂學所採用的簡單機械和無意義的事實排列（在經驗主義歷史編纂學裏，正如一個專家所說的那樣，歷史成為「一個接一個該死的事實」）。這種統一的原則，或稱為存在歷史主義的意識形態基礎，是從德國生命哲學(Lebensphilosophie)中衍生出來的。德國生命哲學認為，人類象徵行為的無限多樣性、表述了非異化的人類本質的無限潛力。雖然我們中間的任何人都沒有機會享受這種無限潛力，但是歷史性的經驗卻給現在恢復了一些關於無限潛力的想像。

因此，對於存在歷史主義來說，過去與我們有着十分迫切和具體的聯繫，這種迫切性與簡單文物研究立場不同，它必須置身於解決歷史主義困境的實踐之中。就此意義而論，不管存在歷史主義的理論矛盾是甚麼，存在歷史主義仍然作為一種經驗而值得我們敬佩。事實上，它是歷史本身的開創基礎的經驗，沒有這種歷史經驗，所有文化的研究都將無從做起。名副其實的文化調查和歷史本身都具有這個傳統的熱忱精神，探尋生命遺留下來的痕跡，探尋活躍於所有現存實踐模式中同時又隨着過去時刻的逝去而絕跡了的東西。

經驗糾正了過去本身。歷史主義者使死者復活，再現了

昔日文化的神秘色彩。如同特里西阿斯(Tiresias)*喝飲血汁一樣，昔日文化暫時恢復了生命和體溫，再一次被允許説出臨死之前的話，在周圍陌生的環境裏再一次發出久已被忘卻的預言。我在前面已經提到過德國人、西班牙人、意大利人和英國人是這樣做的，法國人也不例外。我們可以通過法國最優秀的具體聲音，來戲劇化過去與現在之間的力量交換的令人愕然的時刻。讓我們重溫法國歷史學家米歇利特(Michelet)所説的幾句話——那是一七八九年八月四日的夜晚，面對舊政權和封建世界的突然分崩離析、面對未曾料想到的「現代時間」浮出歷史地表，米歇利特張開雙臂迎接過去再一次成為現在：

> 偉大之日，你的到來是多麼遲緩啊！我們父輩等待和夢想你有好久了啊！只有那種堅信他們的兒孫可以親眼見到你的期望，才使他們掙扎活了下來；不然的話，他們早已詛咒生活，死於辛苦勞動之中……現在我，他們的同志，與他們一道在歷史風暴中搏鬥，飲嘗着他們苦難之杯的水——是甚麼促使我重新經歷那磨難的中世紀並活了下來，如果不是由於你，噢，光榮之日，我們自由的第一天？……我活下來就是為了要講述你的故事！[9]

如果説過去被建構成一個「克利格瑪」(kerygma)[10]、一個

---

* Tiresias （特里西亞斯）是一個希臘神話中的預言家。——譯註
[9] Jules Michelet, *Histoire de la revolution francaise* (Paris, 1952), I, 203.
[10] 「克利格瑪」(kerygma) 或曰「信息」(message)是Paul Ricoeur 的敘事神學中的主要範疇。參閱：Ricoeur, "Preface to Bultmann," in *The Conflict of Interpretations* (Chicago, 1974), pp. 381–401.

聲音、一種預言和一個宣言，以及歷史學家的使命便是要去體會和保存這些東西的話，那麼當偉大事件開始衰落、正常生活得到恢復的時候，必須出現降調；因此米歇利特在列舉他寫的歷史中另一個重要時刻，一七九〇年七月共和國的節日時，發現關於那一天的文件資料「六十年後依然令人熱血沸騰，就像昨日才寫成的……戀愛書信」。米歇利特現在表述了下坡的痛苦和幻覺的消失：

> 「我們生活中最美好的日子結束了。」這句話是共和派村民在夜幕降臨時分結束他們的敘述時所說的話——我自己在本章的末尾幾乎再次把這句話抄寫上。完結了，這種事情不再對我重演了。我把自己生命中無可挽回的一部分遺留在這裏，我感到我生命中的這一部分將永遠留在身後，不再跟隨我；我感到自己因此而貧窮和渺小起來。[11]

如此感情的迸發，堪與之媲美的只有從古代教堂墓穴釋放死者，使其復活的菲德利奧(Fidelio)所吹響的巨大號角號。它說明歷史學家的使命，就是守護昔日和人類生活中毫不留下蹤跡地消失了的、無名的世世代代。同時，米歇利特的敘事中包含了一些朝着意想不到的方向扭曲的存在歷史主義的立場，使我們找到脫離矛盾的一個方法，我們現在可以更為精確地闡述存在歷史主義的立場了。

存在歷史主義認為，歷史經驗是現在的個人主體同過去的文化客體相遇時產生的。因此歷史經驗的所有方面都可以導

---

[11]　Michelet, *Histoire*, I, 412.

向完全的相對主義。讓我們考慮一下歷史學家的主觀性，很明顯，鑒於個人主體的嗜好和感應能力大小，可能存在的歷史是無限定的。這種無限相對主義的危險是存在歷史主義的意識形態預先假設，需要受到限制和驅除。意識形態的預先假設來源於關於人類本性的某些心理學或人類學，包括由席勒(Schiller)、漢姆勃特(Humboldt)或早期馬克思所表達的關於充分發揮人的潛力的觀點。作為認識論的預先假設，已經不能使今天的我們感到滿意，不論我們如何同情這個觀點。阿爾都塞批判「人文主義」，並把早期——人類學的或「存在主義的」——馬克思同後期的《資本論》的結構主義和共時性模式的馬克思有系統地分離開來，這樣做是強有力和及時的；我們可以在現在的語境中重寫阿爾都塞的「人文主義」主題，把它看作是對我們的警告，任何關於「人類本性」的人類學和宣言，都毫無例外地屬於意識形態領域。我們可以從有爭議的角度來掌握這個立場。很明顯，任何關於人類本性的人類學或預先假設，都必須反對和排除其他具有同等獨斷力量的、關於人類本性的觀點（例如必須排除由羅伯特·安德里[Robert Andrey]和別人一起復原的霍布斯關於人類動物的內在侵略性的觀點）。

我們不應該認為，這個困境可以由後結構主義對中心主體的批判來完全解決。規範模式的存在歷史主義認為，歷史學家是中心主體，這點很明確（各式各樣批判黑格爾絕對精神的哲學觀點足以證實這一點）。然而，正如我們在前面提到的，歷史經驗的重要性主要是它的激情，而主體的建構次之。這種激情是識辨時迸發出的火花，今天稱之為獨特強度的接受(reception of unique intensities)。因此我們驚訝地發現，在當今最熱烈慶賀移心主體(the decentered subject)的運動中，人們嚮往着與歷史主義相同的一個移心的、「精神分裂症式」的歷史主義：

克勞索夫斯基(Klossowiski)在評論尼采時令人敬佩地證實：作為物質情感的「氣質」(Stimmung)的存在，是由崇高思想和敏銳的觀察力構成的。「離心力並不永遠逃離中心，而是再一次接近中心，只是為了再一次地撤離中心：這就是劇烈震盪的性質。一個人如果只尋找自己的中心，看不到自己也是構成圓圈的一部分；那麼這種劇烈震盪就始終使他不知所措；如果震盪使他茫然混亂，這是因為每一個震盪對他的打擊，都不是來自他自己認為應該來自的地方，而是從無法覓尋的中心發出的。其結果是，每一個認同都是偶然的，一系列的個性(individualities)必須通過每一個震盪。然後這一或那一個性的偶然性，促使其他所有的個性變得必要起來。」對升降的吸引力和厭惡感產生一系列基於強力度為零的強烈狀態，強力度為零時意味着無器官的軀體（「但是最為不尋常的是在此有必要引進一個新的流向，僅僅是證實這個缺位。」）這裏不是語文學教授尼采突然發了昏，與各式各樣稀奇古怪的人們相認同；這裏是尼采式主體，經歷過一連串的境遇，把這些境遇等同於歷史的各種名字：「我就是歷史的一切名字！」主體伸開四肢，沾滿了圓形的整個圓周，圓心已經被自我(ego)所拋棄。處於圓心位置的慾望機器，那個永恒回歸的孤獨機器(the celibate machine of the Eternal Return)。作為主體的尼采，從機器製造出的一切事物中感到了欣愉（感官快愉），讀者原來還認為這些機器產品不過是尼采未完成的著作。「尼采相信他是在追求而不是實現一個體系，但是以尼采話語的剩餘的形式來實施的綱領，已經成為，姑且這樣說吧，尼采舞台藝術(historionics)的貯藏庫。」尼采沒有與諸多歷史人物認同，而是以無器官的軀體所感受的強力度的區域來與歷史之名認同；作為主體的尼采聲稱：「這就是我！它們就是我！」從來沒有人像患精神分裂症的尼采一樣

如此深深眷戀着歷史，像他那樣處置過歷史的。尼采一下子吞下了整個世界歷史。我們最初把尼采定為自然之人(Homo natura)，天啊，可他現在卻變成了歷史之人(Homo historia)。這條漫長的道路從荷爾德林(Holderlin)延伸到尼采，而且速度越來越加快。只要荷爾德林的沉思默想仍然進行着，尼采的欣愉就不能持續下去……尼采的世界不允許風景或植物有規律和接連不斷地持續四十年。尼采的世界是對事件的記憶過程的滑稽模仿：一個單獨的表演者在莊嚴的一天之內，以啞劇形式演出了整個事件。也許一個事件在一天之內出現，在另一天之中消失，也許它發生在十二月三十一日到一月六日之間，但是這個事件仍然超出通常日曆的範疇。[12]

精神分裂症式歷史主義(schizophrenis historicism)並不改變歷史主義境遇的基本方式，因為它仍然反對個人主體（注意，在此是指主體性的個人效果，而不是指一個完全形成的「資產階級的」主體），主張一種本質論的集體客體。但是精神分裂症式歷史主義允許我們擴展隱含的效果或強力的範圍：在此不只是美學熱情，或是尼采式的剩餘與興奮，也加上了完全不同的感覺範圍——暈眩、厭惡、憂鬱、噁心和弗洛德式的非淨化過程——這些是在接觸過去的文化時，所產生的「真正」可能發生的模式。因此，我們必須重新評價當代與美學歷史主義之間的距離本身，重新評價阿爾都塞為何對米歇利特使死者復活的措詞感到震怒，為何激烈地抨擊存在現象學的「生存」(the

---

[12]　Gilles Deleuze and Felix Guattari, *Anti-Oedipus* (New York, 1977), pp. 20–22.

vecu)和黑格爾的表述式因果關係。我們有時對至高無上和無固定位置的統治權覺得嫌惡和反感，而德國式的資產階級世界精神正是用一種統治的態度來對待過去的文化，按照自己的趣味把過去的文化組成「想像的博物館」(imaginary museums)。我們對統治的厭惡之情，說明了我們同某些令人震驚和真正歷史的——即歷史主義的——存在歷史主義本身的現狀相接觸。雖然存在歷史主義本身已經成為我們自己歷史的某一時刻，但是同時我們仍然以否定或厭惡的方式生活在歷史主義的現狀裏。

除非我們漠不關心一切，我們似乎斬不斷我們與過去的聯繫，甚至厭煩(boredom)，以其強烈的波德萊爾形式，也是對過去文化中的某一具體時刻的感受和生活。如果我們把厭煩看作是機體對文化異化和文化窒息的抵制，那麼我們也可以把漠不關心看作是一種像自衛機制、壓抑、神經質的否認、防禦式的自閉一類的關係模式，這種關係模式最終重申其對象的致命危險性。這樣，「歷史的噩夢」變得無法逃避：我們到處碰見它，甚至在它似乎缺席的情況下。尼采的歷史「健忘」的心理療法，完全與米歇利特的「死人復活」一樣，是對歷史事實的反應。我們怎樣才能理解這個「缺席原因」（阿爾都塞之語）呢？我們不得不對「缺席原因」(absent cause)作出反應，同時又對此充滿着厭惡和恐懼，時時試圖將它隱藏起來——壓抑或健忘，對我們是暫時的寬慰。我不認為那種強調凶殘和無形的暴力和統治引起精神逃避的說法是正確的，這只不過是巧妙的遁詞而已。在今天流行的美國社會批評中，「暴力」僅僅是一個意識形態範疇；社會達爾文主義和新法西斯主義很明確地稱「統治」在某些情況下值得慶賀，甚至令人興奮。馬克思主義認為權力範疇不是最終的目的，當代社會理論（從韋伯到福柯）對權力範疇的興趣經常是策略性的，而且有系統地對馬克

思主義的疑難問題進行移位。「歷史噩夢」的最終形式是勞動事實本身，是從人類歷史的最初時刻到現在的億萬人民揮汗辛勤勞動的場面。存在歷史主義對這種令人昏眩和難以想像的場面的描寫——例如憂慮所有世代都必將滅亡、嘆息生命之輪不停息、懼怕光陰似箭一去不復返——這些描寫本身，就是為了掩蓋無思維的異化工作和人類能量的無可挽回的喪失和浪費的醜惡事實，沒有任何形而上學範疇可以解釋這個醜聞。它到處皆為人知，又到處備受壓抑。例如，俄國形式主義創造他們關於藝術陌生化的經典理論時，所依據的托爾斯泰的本文，竟然是一個關於勞動的本文——事實上，當代女性主義批評把這種勞動稱為「家務勞動」／婦女的工作／最古老的勞動分工形式：

> 我正在打掃一間房子，漫不經心地走近沙發，卻記不得我是否已經擦拭過它了。由於這些舉動是習慣性的和無意識的，我說不起來，也覺得不可能記起——如果我已經撢掉了沙發上的灰塵並把這件事忘掉了——如果我在無意識中做了這件事——這與我沒有做這件事是一碼事。然而，如果某個有意識的人在旁邊觀看，這個事實也許可以成立。但是如果沒有人在觀看，或者這個人只是無意識地看着，如果許多人的複雜生命無意識地延續着，那麼這些生命就等於從來沒有存在過。[13]

女性主義者特麗·奧爾森稱這種人類生命的浪費為「沉默」。許多人的生命，不只是婦女的生命，在這種「沉默」中

---

[13]　Leo Tolstoy, *Journal*, 28 February 1897.

消失。很明顯，形式主義者（也許包括托爾斯泰本人）不可能以自己的覺悟來拯救這種人類生命的浪費。作為游戲和無終結的終結的經典美學學說，和強調保護工業的意識形態宣傳，都竭力試圖躲避難以想像的異化勞動的現實。在意識形態裏宣傳維持手工業的做法是物化(reification)現象，「太凱爾」小組把它形容為「抹去客體的生產痕跡」的做法。甚至在此，「生產」的範疇仍然可以讓人容忍和保留，任何一個現代主義者都會贊同「生產」這個概念的。物化的、更得人心的一面是它可以讓我們忘記包圍我們的、由其他人積累起來的、異化勞動的客觀世界。

存在歷史主義的、自鳴得意的美學思索不能夠、精神分裂症式歷史主義的躁狂的尼采式頌揚也不能夠解決關於歷史經驗的觀點的根本不平衡性，這些觀點反對個人主體對歷史某一時刻的集體現實的反應。恰恰在這一點上，米歇利特扭曲歷史主義的做法，提供了十分不同的解決方法：在米歇利特的著作中，觀察者——歷史學家的存在不是無場所的，而是被雙重鑲進本文作為一個具體的境遇。一七八九年八月四日法國大革命使中世紀勞動的「沉默」復活，不是通過任何「客觀的」歷史編纂學的重構，而是通過實踐的新鮮事實；處於七月王朝末期的立法危機中的歷史學家，米歇特利的政治傾向和他所著的歷史編年史的政治象徵價值，使他在一八四八年革命的前夕，被法國學院開除。米歇特利以活躍的現在，複製了對過去的再創造，他使八月四日的夜晚復活——那一夜晚變成了他自己的過去。在此需要強調的是，我們面臨的不再是個人主體對過去的冥思苦想，而是一個現在的客觀境遇，與一個過去的客觀境遇之間的關係問題。事實上，只要馬克思主義本身是歷史主義——注意，這不含有阿爾都塞所批判的本原主義或目的論的

「歷史主義」的意義，我指的是一種「絕對歷史主義」——那麼它的形成也會是相似的。在《資本論》一書裏，馬克思多次強調，他在勞動和土地首次被完全商品化了的社會環境中，發現勞動價值理論的客觀和歷史先決條件：「資本主義時代的特徵，是勞動權力在工人自己看來，是以作為自己財產的商品形式出現的；工人的勞動是工資勞動的形式。另一方面，從這時起，勞動的商品形式便成為普遍性的了。」[14] 因此，馬克思對這個「科學真理」的「個人」發現，不只出自於他的系統，也是歷史環境促成的。在這個歷史環境中，資本的發展首次允許這種概念——勞動價值理論——的產生，以此可以讓人們事後重新發現前資本主義的千年人類歷史中的真理性。「馬克思的分析方法揭示和具體展示了所分析的現實和闡釋這種現實所使用的思維概念。馬克思的方法論因此從一開始就反對這樣的理論以表述沒有自己歷史或非歷史的理想現實，而在自己的意識形態構築中不考慮自身的理論。」[15]

然而，在我們現在的語境中，絕對科學真理和經驗歷史的聯繫總有些醜聞的味道：阿爾都塞對絕對馬克思歷史主義的

---

[14] Karl Marx, *Capital* (Harmondsworth, 1976), I, 274, n. 4.馬克思注意到亞里士多德不能夠得出勞動價值理論的原因，是由於亞里士多德受到他當時生產模式的局限：「亞里士多德本人不能發現這一事實，即在商品價值的形式裏，所有勞動是作為人類平等勞動來表現出來的，因此從價值的形式來觀察，勞動是作為平等質量的勞動。古希臘社會建立在奴隸的勞動上，並把奴隸制當做人與人之間的不平等和勞動力之間的不平等的自然基礎。」（《資本論》，第一卷，第151–152頁）關於抽象概念與商品制之間的關係的歷史主義理論著作，請參閱：Alfred Sohn-Rethel, *Intellectual and Manual Labor* (London, 1978).

[15] Maurice Godelier, *Horizon: trajets marxistes en anthropologie* (Paris, 1973),p. 303.

抵制，明顯是出於他擔憂作為存在歷史主義的普遍「科學」也必須用相對論的原理來闡明。當代馬克思主義思想家經常反思關於過去的經驗：「歷史是結構的主體，它不是同類的、空洞的時間，而是充滿了現在的時間……對於羅伯斯皮爾(Robespierre)來說，古代羅馬是充滿現在的過去，是在歷史的連續性中毀滅了現在的時間。」⑯ 本雅明本人對歷史的復活是這樣說的：「只有那些完全相信如果敵人獲勝的話甚至連死者也不得安寧的歷史學家，才有可能點燃對過去的希望之火花。」本雅明是這樣看待現在的：「歷史時間的每一秒鐘都是救世主耶穌可能通過的狹窄之間。」⑰ 很明顯，本雅明對過去和現在的看法，引導我們離開了存在歷史主義（以及它那著名的「困境」），從而進入一個不同的空間。在這裏，一個失蹤的術語──烏托邦未來──首次被提了出來。

五

在我們嘗試探索新的歷史空間之前，我們必須返回到本論文開始時討論的、關於我們與過去的關係的、較為一般的理論選擇。存在歷史主義強調歷史經驗的主體，這似乎使歷史經驗主體的研究對象陷入多種同類的傳統和文化之中。存在歷史主義的多種傳統文化與經驗主義歷史的盲目累積之間的區別，只是利比多趨力投入多少的問題。另一種歷史主義所持的是一個辯證的相對立場(a dialectical counterposition)。在辯證的相對立

---

⑯　Walter Benjamin, "Theses on the Philosophy of History" (thesis 14), in *Illuminations* (New York, 1969). p. 261.

⑰　同上，第255，264頁。

場中，是歷史事物的邏輯，而不是作為主體的歷史學家的真實
體驗，構成了我們同過去的關係。歷史事實的假設邏輯一般是
按照類型學組成的，類型學的內容和機制隨着描寫過去的文化
或歷史時刻的抽象程度而變化。這樣的類型學可以以十分不
同的理論模式來運作：狄爾泰的心理學模式（或曼海姆
[Mannheim]的心理學模式）、十九世紀下半葉的偉大藝術史學
家，例如烏爾夫林(Wolfflin)的文體對立、韋伯的「理想模式」
的操作機制、斯賓格勒(Spengler)關於文化的文體分類，或者在
我們時代裏，洛特曼(Lotman)的文化比喻類型學。我們在這裏
將主要展示洛特曼的文化比喻類型學。[18]

　　然而我們不應該斷定這些分類法或聯合體——在此被粗泛
地定為「結構類型學」形式——表達與存在歷史主義毫無共同
尺度的推動力。相反，對這些本文所進行的符號分析揭示「深
層」符號對立的運作，用來影射一整套文化結構類型學，這種
文化結構類型學在本文表層上察覺不到，被作為主體的歷史學
家個人的敏感性偽裝起來或受到了轉移。狄爾泰的重要性在
於，他認識到共時性理解(synchronic Verstehen)和歷史或文化時
刻的普通類型學之間的相互作用（雖然他用各種世界觀的心理
學術語來表達這個問題）。同時，在諸如阿爾巴赫一類的歷史
學家的著作中，「共時性」時刻系列被橫向和縱向文體之間的

―――――――――――

[18]　　參閱：Y.M. Lotman and B.A. Uspensky, "On the Semiotic Mecha-
nism of Culture," *New Literary History*, 9, No. 2 (Winter 1978), 211–232; and
Y.M. Lotman, "Problemesde la typologie des cultures," *Social Science Informa-
tion*, 6, No. 2–3 (April–June1967); Lotman and Uspensky, *Tipologia della cultura*
(Milan,　1975).用馬克思主義觀點批判Lotman的文化理論的著作有：Stefan
Zojkiewski, "Des principes de classement destextes de culture," *Semiotica*, 7, No.
1 (1973), 1–18.

結構對立所打斷。同樣如此，博厄斯式(Boasian)人類學的「經典著作」——例如露絲‧本尼迪克特(Ruth Benedict)的傑作《文化模式》——儘管它們在意識形態裏，強調人類文化的無限多樣性，這些經典著作都是由一個根本不單純的文化分類法系統所表述的。

洛特曼的著作在我們現在的語境中十分典型：因為他的著作吸取了存在歷史主義中不可避免的、通常是不成形的類型學的方法論，它體現了現存的最自覺和最有雄心壯志的文化分類綱領。（在人類學領域裏，文化分類綱領通常受制於所謂冷帶或原始社會的種族資料，即：文化分類綱領在一種缺乏自我反思的全球類型學中運作，它簡單地區別「原始」和「歷史」社會模式。）洛特曼和他同派系的人的著作，與一般人類學研究法的區別在於，洛特曼他們使用了馬克思主義的社會再生產理論；他們首次把文化界定為「非遺傳的集體記憶」，[19] 以文化「儲存」作為生產模式的再生產功能。雖然洛特曼本人的研究著作，並沒有採取這個途徑——他的研究局限於斯拉夫或俄國文化歷史，他把研究資料減化到兩個生產模式中的文件記錄：封建主義和資本主義（我不知道這個學派是否有任何關於社會主義階段的文化和類型學的著作），但是洛特曼最初對文化的界定把文化結構之下的功能進行了分類，確定了一個可以孤立研究各種文化機制的框架。

洛特曼的文化分類法是雙重性的，是一種二元論的歷史觀。「可以區分主要是用來表述和主要是內容的文化。」[20] 表述文化和內容文化——這兩種文化分別與中世紀儀禮文化和現

---

[19] "On the Semiotic Mechanism of Culture," p. 213.

[20] 同上，第217頁。

代理性或科學文化互相關聯——圍繞着文本建構而組成，或者說，是圍繞着文本過程而組成的。但是第一種文化——作為表述的文化——假定存在着一個主導文本（權威性著作），這個主導文本主宰所有其他文化文本和社會生活。文化機制的基本鑒定功能是區分「正確」與「非正確」，按照「正確」與「錯誤」的二分法來表述整個世界。在這個二元對立中，「真正的」文本或文化——信仰的文化——與異端的、迷信的等等諸如此類的「偽」文本和文化相對立。

同時，文本肌質的概念構成現代或理性文化；在這種情況下，「主導文本」（科學理性）的對立面便不是另一個異端文本，而是未成文本的熵或混沌。文化再生產機制不再重新制造神聖文本，而是把不是文本的材料轉化進科學理性的新主導文本；這種機制的鑒定功能建立於規則和方法論的基礎上，而不是基於「正確」或「非正確」的觀點（可以用倫理學術語來形容這個二元對立：「好」與「壞」）。

這個二元對立較為複雜地表達了羅曼·雅各布森的比喻(metaphor)與轉喻(metonymy)之間的傳統語言學或轉義學(tropology)的區別。建立在一個主導文本或權威性著作之上的文化的文化生產是比喻排列的過程，而建立在文本規則之上的文化則揭示某種再轉義的機制，容納更多的內容。表述文化與內容文化之間的對立的明顯危險，在於復原這個或那個「自然的」或「形而上學的」二元論；雅各布森在討論失語症的奠基著作中認為，主導轉義的對立可以滑入心理過程的根本分裂，陷入分析式和聯繫式的心理機制，進入大腦本身的具體區域。

然而轉義類別不必是二元論，就像所有修辭學手冊裏關於各式各樣的轉義和修辭格所講的那樣。例如，在洛特曼自己的著作裏，我們可以觀察到文化機制的其他類型。這説明轉義

對立不必阻止布洛特的基本綱領,即:「形容文化普遍性和表述文化『語言』的語法可以成為我們未來任務之一的結構歷史(structural history)的基礎。」[21]另一方面,如果我們更詳細地觀察洛特曼對新古典主義的描述,我們可以發覺所謂多樣化的承諾也許只是幻覺。

新古典主義處於主導文本的文化與「科學」方法論的文化之間的中介位置。表面上是規則和規範的文化,新古典主義仍然假定一系列古典文本具有古老神聖主導文本的權威:「理論模式被認為是永恒的,處於具體創造之前。在藝術裏,只有那些符合規則的文本才被認為是『正確的』,即是有意義的⋯⋯破壞規則的藝術品是藝術中的次品。但是,按照博伊露(Boileau)的觀點,我們甚至可以用分析『不正確』的規則的方法來形容規則所遭受的破壞。因此,『次等』文本可以被分類;任何不令人滿意的藝術品都可以用來作某個典型違章的例子。」[22]這樣,洛特曼認為新古典主義並不對我們展現嶄新和獨創的文化機制模式(或是可以使我們脫離比喻和轉喻二元論的某些新的轉義);新古典主義只是取代了過去的兩個舊模式。在舊的模式裏,文化和科學生產的理性主義機制是按照比它更早的神聖文化中的真實/虛假、正確/不正確、好/壞的價值系統而構成的。這沒有甚麼可值得可以通過大驚小怪的。格雷馬斯的符號四邊形表明,任何一對二元對立項都可以通過否定和綜合而擴展原系統中封閉的術語。雅各布森的神秘僵死的二元論──一旦按照洛特曼的「真理」/「規則」模式的符號

[21] "Problemes de la typologie des cultures," p. 33.
[22] "On the Semiotic Mechanism," pp. 218–219.

變形來說出的話——便同樣可以引發出一個更為複雜的排列方案。

洛特曼的類型學為甚麼可以生產更多的排列，特別是我們如何形容這個封閉系統中失蹤的關於文化的第四種假定模式的術語呢？（前三種文化模式為主導文本、科學方法論和新古典主義。）我們可以假定一個按照倫理學或「真理」範疇來構成自己規則的文化，在邏輯上與按照規則和方法論構成自己的「真理」範疇的文化是相對立的，後者（按照規則和方法論構成自己的「真理」範疇的文化）是指一個有系統地按照轉化規則、解碼、無限符號學等等的操作規則範疇來重寫認識（生存、意義、好，等等）。洛特曼強調自己與福柯的著作《事物的秩序》(*The Order of Things*)[23] 的密切關係，這點證實了他的第四種假設的文化模式，只能是福柯著作結尾時預言的那種「結構主義」時刻，讓·鮑德拉把它看作是消費社會本身的邏輯——脫離了所有「自然」所指的神話與穩定因素的能指自我增殖，「結構主義」的時刻是理論繁殖新理論的元理論時刻，是句子繁殖新句子、文本繁殖新文本的嶄新和後現代時刻，我們可以貼切地稱其為「文本」美學或精神分裂症式美學。

我們這種推論實踐的目的，不是把洛特曼也許不願認可的一種歷史觀強加於他本人，而是要表明這個現象存在於每一個結構類型學之中，無論結構學作為語言學轉喻機制，或作為某種旨在解脫我們自己的敘事（也許是目的論的）歷史觀或歷史哲學。轉義素本身不建構類型學或結構聯合體，除非轉義素的最初的多種經驗被歸納進某些基本的啓動機制裏；我們在當

---

23 參閱："On the Semiotic Mechanism," p. 230, n. 5.

代修辭學系統中可以觀察到這一點，例如海登‧懷特的「轉義素」中的 μ 組。[24] 不論潛在的「系統」的正式術語是甚麼，它必須是另一種抽象秩序，而不是用來組成和排列秩序的多種形式。儘管這個潛在系統被形容為「主導轉義素」(master tropes)，它控制表層轉義素或修辭格，這種主導轉義的位置最終是要在一個完全不同的系統中才能找到。我自己的研究經驗告訴我，這個第二種，或曰「深層」的系統總是可以用歷史敘事觀或目的論來掌握和重新書寫的。

試圖把過去或其他文化的多種經驗時刻，歸納進某些重要的類型學或系統裏的舉動似乎總是失敗的，因為敘事歷史的表層一定會又悄悄地出現在類型學裏，賦予類型學一種通常被掩飾了的內容。儘管如此，表面的失敗會帶領我們前進一步，因為如果這樣的範疇是不可避免的，那麼我們起碼可以出於需要，而提出一個首次公開闡述這些範疇的結構系統。正如我們下面要談到的，這個結構系統正是馬克思主義的「生產模式」概念。

同時，我們必須終止關於歷史或文化的結構類型學的討論，強調歷史客體的邏輯立場決定了歷史客體的不平衡，這點在存在歷史主義的歷史主體立場中最為明顯。科學概念本身——無論是符號學科學，還是其他將要被建立的科學——取決於無場所的科學知識主體的海市蜃樓幻景，拉康(Jacques Lacan)稱其為「主體的假識」(sujet supposé savoir)。然而一旦符號學家的位置被放回一種理性和科學文化的轉喻時刻，洛特曼的綱領

---

[24]　J. DuBois et al., *Rhetorique generale* (Paris, 1970); Hayden White, *Tropics of Discourse* (Baltimore, 1979); and Fredric Jameson, "Figural Relativism, Or, The Poetics of Historiography," *Diacritics* 6, No. 1 (Winter 1976), 2–9.

便起了自我反省的作用。這種自我反省遠遠不是辯證的自我意識的結構主義同類，它以一種自己作為其中一分子的類型邏輯悖論，與結構類型學相對抗。福柯的烏托邦第四文化——一個超越規範的科學理性的結構主義文化——產生於衝破這種束縛的嘗試；然而無論是歷史學家的位置與自我意識的問題，還是烏托邦時間的問題，都不可能在這系統中得到足夠的正視。

六

在分析了文物研究、存在歷史主義、結構類型學之後，我們來看最後一個選擇：尼采式反歷史的立場。同文物研究一樣，尼采式立場以拒絕承認的方式「解決」了歷史主義的困境。就文物研究而言，「現在」並不意味着某個特別優越的地位。休謨(Hume)認為創世的假設改變不了任何事物，除了糾正我們自己的偏見之外。所有記錄「過去痕跡」的檔案和沉積的財富——包括休謨本人的全部著作，以及記載休謨的歷史「存在」的文件——只不過是建構在共時性現在的巨大幻覺欺騙而已。歷史主義困境的最終「立場」，處於休謨的悖論基礎之上，即認為人們之所以念念不忘過去，並不是因為過去不復存在：

> 甚麼是歷史客體？儘管歷史學家和哲學家作出那麼多詳盡闡述、含糊其詞和限制條件，一個非常簡單的事實是，過去的就是過去了，按其定義，所有逝去的就不復存在。準確地說，歷史客體就是對曾經存在過的人與事物所作的「表述」。表述的實體是保留下來的記錄和文件。歷史客體，即曾經存在過的東西，只存在於作為表述的現在模式中，除此之外就不存在甚麼

歷史客體……甚麼可以算作過去要取決於歷史知識範疇中運作
的意識形態模式的內容。過去的內容——它的性質、時期和問
題——取決於具體的意識形態模式的特徵。書寫歷史的具體模
式以記錄的形式作出各種表述。人工品、洗衣單、法庭花名
冊、廚房的垃圾堆、回憶，被轉變成文本——通過表述，我們
可以了解真實。文本，由於被閱讀而成為文本。因此文本的定
義取決於閱讀。歷史知識不來自表面的歷史客體，卻來自對文
本的閱讀。文本是歷史知識的產物。歷史的書寫是分析這些文
本的文本生產。[25]

　　這個立場終結了那種認為共時性與歷史性之間毫無比較
可言的結構主義觀點。當代歷史學家通常採取這個立場。它是
與傳統的現實主義表述美學的實踐相對立的一種現代主義——
或最好稱為後現代主義——的文本美學。在我們的討論中，引
進「表述」這個主題使我們可以以新鮮的觀點看待表述的術語
和假設條件，把「表述」置放進更廣泛的理論和哲學框架之
中。例如，對於一些人來說，列寧的一部偉大歷史著作《俄國
的資本主義發展》只不過是一部歷史編纂學著作。這些人不去
討論列寧文本中的經濟和統計內容。（亞瑟·丹托[Arthur
Danto]前些時候證明非敘事類型的歷史著作總是帶有敘事或講
故事的目的。[26]）列寧的著作在這種意義上不是重新建構對過
去的表述。在他的著作中，對過去的描寫是作為現在的理論和

---

[25]　Barry Hindess and Paul Hirst, *Pre-Capitalist Modes of Production*
(London, 1975), pp. 309, 311.

[26]　Arthur C. Danto, *The Analytical Philosophy of History* (Cambridge,
1968).

政治實踐中的一部分。列寧把對過去的描寫嵌入現存的疑難問題之中：「列寧的著作從理論上致命摧毀了納羅第尼主義(Narodnism)和進化論的證據和學説。『經驗的』材料——按照具體問題而採集的事實、數據、信息，有其具體的採集方法、具體的政治和社會目的；列寧對其純潔性不存任何幻想和迷戀——在這本書中，起着批判對象或理論觀點的闡述對象的作用。」⑰ 如果我們把這個觀點放進我們更為熟悉的結構主義語境中，我們可以説，能指的意義是由能指在以前的能指鏈中的功能所決定的，這個觀點取代了那種認為本文能指代表和表達了一個特定所指的舊式觀點。後現代主義所依據的經典式的理論「文本」模式，當然是阿爾都塞獨創的：理論生產既不是真實客體的表述，也不是直接關於真實客體的研究。科學「總是研究歸納好的資料，包括那些以『事實』面貌出現的概括材料……科學研究預先存在的概念和其表述的方法……它並不研究純粹和客觀的『數據』，即純粹和絕對的『事實』。科學以批判在其之前的意識形態理論實踐中的意識形態『事實』，來證明它自己的科學事實。」⑱ 辛德斯(Hindess)和赫斯特(Hirst)從這個立場上得出最後的結論——阿爾都塞本人不願下這個結論，辛德斯和赫斯特的結論，使他們自己的重要著作產生了疑難問題。他們用以下的宣言作為富有爭議的結論：「歷史研究不僅在科學上，而且在政治上，也是毫無價值的。歷史的客體，即過去，無論它是如何被看待的，不可能影響現在的情況。歷史事件並不存在，在今天也沒有物質效用……只有『當前的局

---

⑰　Hindess and Hirst, *Pre-Capitalist Modes*, p. 323.

⑱　Louis Althusser, *Pour Marx* (Paris, 1965), p. 187.

勢』才是馬克思主義理論闡述和實踐的客體。所有馬克思主義理論，不管它如何抽象，也不管它的實踐領域是多麼普遍，只是為了提供分析當前局勢的可能性而存在。」[29]如果這正是歷史編纂學所作的──雖然歷史編纂學沒有意識到這點，或處於自以為是表達過去事實的幻覺之中──那麼，我們也許可以像從前一樣書寫歷史；可以想像休謨的悖論完全改變不了我們現在的生活。

當代尼采學派對這個問題的公開看法有着許多同樣的結論。我們可以列舉利歐塔(Jean-François Lyotard)作為這個觀點的代言人。利歐塔抨擊當代對盧梭(J.-J. Rousseau)的再創造。儘管利歐塔的同時代人響往着原始或部落社會的巨大社會和文化差異（讓‧鮑德拉在自己的著作中專門講了這一點），利歐塔願意邁出最後一步，宣稱根本就不曾存在過任何原始社會。[30] 我們的眼睛在時空中所能看到的只是資本主義，除此以外甚麼也沒有；過去從未存在過，只有現在是事實。但是利歐塔呼喚一種新「異教」，從政治上賦予古老的多元異教偶像（或稱異教強度）以新的生命。[31] 他從策略出發重新肯定經典霸權哲學的對立面，捍衛詭辯家和憤世嫉俗者，反對柏拉圖或亞里士多德傳統。所有這些都說明利歐塔同樣也沒能逃脫過去的「利比多」實踐和「歷史之名」。這種精神分裂症式歷史主義的綱領已經在德勒茲的著作中開列出來。

---

[29] Hindess and Hirst, *Pre-Capitalist Modes*, p. 312.

[30] Jean-François Lyotard, *Economie libidinale* (Paris, 1974), p. 155.

[31] *Rudiments paiens* (Paris, 1978).

七

讀者也許已經猜測到，馬克思主義解決歷史主義困境的方法在於以下幾個方面：它修正了我們前面描繪出的循環圈；它假定一個既是相同又是差異的模式；它生產一種結構歷史主義，這種結構歷史主義取消了存在歷史主義的利比多機制，把存在歷史主義的利比多機制置，放到一個比結構類型學更為令人滿意的歷史和文化模式的邏輯概念之中。解脫歷史主義困境的方法，可以在馬克思主義的生產模式理論中找到。馬克思主義分析的各種生產模式如下：狩獵和採集（原始共產主義或游牧部落）、新石器時代的農業（或稱古羅馬的氏族）、亞細亞生產模式（或所謂的東方專制主義）、城邦、奴隸制、封建主義、資本主義和共產主義。這些不同的模式不是某些線狀或進化論敘事所講的「階段」。線狀或進化論敘事是關於人類歷史的「故事」，不是認識論中歷史過程的「必要」時刻。從一個模式轉化到另一個模式——例如從原始共產主義轉化到權力社會，從封建主義轉化到資本主義——要求我們不是按照轉化敘事，而是按照我們在前面曾提到過的福柯的系譜學來重新建構。這些共時模式並不單純地指定具體和獨特的經濟「生產」或勞動過程和技術的模式，它們同時也標示出文化和語言（或符號）生產的具體和獨特的模式（同其他傳統馬克思主義上層建築中的政治、法律、意識形態等等在一起）。馬克思主義生產模式，容納了諸如洛特曼模式一類的孤立分析文化機制的模式（在此我們先不談論洛特曼的模式不是文化生產本身，而是文化再生產的模式的問題）。當代馬克思主義關於社會結構的模式兼容了心理分析學「案例」——按照某種生產模式建構「心理分析學」主體——同時也吸取了現象學的觀點，特別是

那種關於空間或某一具體社會形成中的日常生活組織的現象學。但是需要強調的是，所有被兼容了的模式都依照它們所處的生產模式中的結構場所而被辯證的修正；因此我們完全可以用資本主義的「生產」觀念來解釋某個十分不同的過去社會結構。[32] 除了辯證唯物論之處，其他觀點都可以接受心理分析學派的非歷史假設，認為從現代或資產階級心理學材料中得出的理論——組合的主體、潛意識、俄狄浦斯情結、慾望，等等——存在於整個歷史之中。

正如我在本文開始時談到闡釋一樣，我在此只能簡單地提供解決生產模式性質問題的答案，我將在其他文章裏更詳細地討論這個問題。我認為生產模式概念的主要問題是這個概念本身的地位問題。阿爾都塞和巴利巴爾(Balibar)批判了生產模式的生成[33]，認為這個生產模式概念有些像斯賓諾莎(Spinoza)的「永恒性」，這個永恒的結構明顯地可以毫不費力地再造自身，不需要隨着人類歷史經驗的盛衰興亡而改變。通俗馬克思主義對當代「社會構成」的概念極感興趣，「社會構成」指歷史社會經驗或文化經驗中的某個生產模式，如何自我實現的問題。然而「社會構成」的觀點與理論解決方法同樣不能令人滿意，因為「社會構成」重新引進了經驗主義，而辯證論的使命就是要質疑和糾正經驗主義。

---

[32] Jean Baudrillard, *The Mirror of Production* (St. Louis, 1975), pp. 69–92.

[33] 參閱：Perry Anderson, *Considerations on Western Marxism* (London, 1976), pp. 64–66; and Hindess and Hirst, *Pre-Capitalist Modes*, pp. 313–320. 答覆參見L. Althusser, *Elements d'Autocritique* (Paris, 1974), and Pierre Macherey, *Hegel ou Spinoza* (Paris, 1979).

　　我們可以從兩個方面來解決生產模式地位的問題。一方面，我們在前面已經提到，馬克思主義關於生產模式的觀點從根本上是「區別」的(differential)。一個生產模式的形成（例如馬克思的資本模式）從結構上以差異(Difference)規劃了其他可能存在的生產模式的空間，即：以最初模式特徵的系統變異體，來使其他生產模式有生存的餘地。這就是說，每一個生產模式都在結構上內含所有其他生產模式。從我們現在的觀點來看，重要的是任何生產模式（或在具體生產模式中任何文化人造物的替換）都必須公開或暗自地裏同所有別的生產模式相區別。

　　另一方面，我們可以不採取結構主義的方法來認識這種區別的相互關係：按照非結構主義的觀點，結構主義的聯合體完全沒有必要，因為每一個「先進的」生產模式都包含着比它更早的生產模式，早期的生產模式必須被「先進的」生產模式在其發展中所壓制。早期的生產模式沉澱在現存的生產模式之中，例如在資本主義裏，比它更早的各種模式，和它們的各自異化形式和生產力，以各種層次和作廢的方式仍然殘留在資本主義之中。但是，不僅過去消失了的生產模式存在於現在模式的非共時性(nonsynchronicity)[34]中；而且很明顯，將來的生產模式也同樣在模式中起作用，這點我們可以從階級鬥爭的各種方式中察覺到。如果是這樣的話，那麼便沒有任何生產模式是純正的，我們需要相同程度的抽象概念來分析多種生產模式之間的緊張關係、它們的矛盾覆蓋層和結構上的共存性。可以把

---

[34]　　Ernst Bloch, "Nonsynchronism and Dialectics," *New German Critique*, 11 (Spring 1977), 22–38.

「文化革命」當作這樣的抽象概念。文化革命在人類歷史的各個時期存在着十分不同的結構體系，只舉幾個眾所周知的例子：巴喬芬作出父權制戰勝母權制的假定，是為了闡述新石器時期的文化革命；馬克斯·韋伯(Max Weber)分析新教倫理學是對研究資產階級文化革命作出的貢獻。讓我順便補充一句，文化革命作為新的歷史研究的統一範疇，似乎是唯一能使所謂人文科學以物質主義的方式重新組織起來的框架。

然而，生產模式和文化革命系統只不過以更令人滿意和綜合的方式，重新奠定了兩種選擇中的一個──結構類型學或歷史客體的邏輯。我們沒能夠展示它如何可以為歷史主體位置問題提供一個更充分的理由，也沒能夠說明它如何為我們現在批判存在歷史主義，而提供有利因素。我們已經接近了作為絕對歷史主義的馬克思主義，它在現在的結構中，或稱資本主義本身，建構關於過去社會和文化的綜合理論。然而似乎這也不過是重新創造了某個「真理的位置」，某個我們現在作為世界文化的繼承人和理性與科學的實踐者的種族中心的優越性，這點與普通資產階級科學的帝國主義式的傲慢自大毫無兩樣，這點同時還證實了關於馬克思主義世界觀的內在或本能的「斯大林主義」的新哲學(nouveaux philosophes)的當代發展趨勢。

現在的地位和處於現在的主體的位置是最終的困境，需要從三個方面重新闡述。首先，我們必須試圖使自己擺脫那種習慣性的看法，認為我們同距離遙遠的文化或時代的產物之間的（美學）關係是個人主體關係。（例如我個人對單個文本的閱讀，單個文本是由一個名叫斯賓塞或朱萬諾的人寫的，或者是我個人試圖創造自己與部落社會的一個說故事人所講的口頭故事之間的個人關係。）這並不是要排除閱讀過程中個人主體的作用，而是要理解這個明顯和具體的個人關係本身是非個人

和集體的過程的中介：兩種不同的社會模式或生產模式之間的衝突。我們必須試圖適應這種觀點，認為每一個閱讀行為、每一個局部闡釋實踐，都是兩個不同的生產模式相互衝突和相互審查的媒介物。因此，我們個人的閱讀成為兩種社會模式的集體衝突的隱喻修辭。

如果我們做到了這一點，現在與過去接觸的性質的第二種形成方式就會逐漸施加影響。我們不再把過去看成是我們要復活、保存、或維持的某種靜止和無生命的客體；過去本身在閱讀過程中變成活躍因素，以全然相異的生活模式質疑我們自己的生活模式。過去開始評判我們，通過評判我們賴以生存的社會構成。這時，歷史法庭的動力出乎意料和辯證地被顛倒過來：不是我們評判過去，而是過去（甚至包括離我們自己的生產模式最近的過去）以其他生產模式的巨大差異來評判我們，讓我們明白我們曾經不是、我們不再是、我們將不是的一切。正是在這層意義上，過去對我們講述我們自己所具有的、實質上的和未實現的「人的潛力」，但是過去不是增添個人或文化知識的教誨或消遣。相反，過去是關於匱乏(privation)的一課，它強烈地質疑我們的商品化日常生活物化的景象，以及我們在塑料製品和玻璃紙的社會中的模擬經驗。這不只是內容的問題（例如馬克思把希臘史詩的客觀世界與擁有機動車和電報的現代社會相對立），而且也是形式經驗和語言生產的問題。在這裏，集體儀禮，或稱為非商品化價值的境況，以及個人與統治的最直接的關係，動搖了我們自己生活方式中的單子結構、個人和功能的言語和商品物化。正如存在歷史主義所認為的那樣，我們同過去的具體關係是存在的經驗，是一個觸電般令人震驚的事件，遠遠要比十九世紀末葉歷史主義實踐者的舒適美學鑒賞更為驚心動魄，擾亂人心。過去在觀察我們，無情地審

判我們,絲毫不同情我們把同破裂的主體的同謀關係,看作是我們自己的支離破碎的真實生活經驗。

　　然而不止是過去這樣評判我們。經過這樣最後修正之後,我們接近了馬克思主義立場的獨創性,同時也尊重以上我提到的其他選擇。如果説,從結構上闡述任何一個具體的生產模式都暗含其他生產模式的投射的話,那麼,這也説明如果沒有恩斯特·布洛赫(Ernst Bloch)所稱的「烏托邦衝動」的話,過去、現在、未來之間的闡釋聯繫便不可能完整地得到形容和描寫。馬克思主義本身,作為一種新型的辯證思維的可能性的條件之一,是土地和勞動的商品化伴隨着資本主義的誕生而完成;如果這只是其歷史的先決條件,人們可以認為,這樣的馬克思主義只是對早期或經典資本主義的理論「反思」。然而,馬克思主義也預見了未來的社會,用我們上述的術語來説,它獻身於實現未來或烏托邦生產模式,這種烏托邦生產模式試圖從我們今天的霸權主義生產模式中脱穎而出。這是最後一課,這也解釋了為甚麼馬克思主義不是一個「真理的場所」(a place of truth),為甚麼馬克思主義的主體不處於任何宗旨的中心,而是歷史移心的;只有在這個意義上,烏托邦未來才是真理的場所,當代生活和此在的優越性不在於它所擁有的一切,而在於它對我們進行的嚴厲裁決。

　　馬克思主義闡釋行為的最充分和最令人恐懼的形式,可以在薩特的《奧爾頓娜的懲罰》(*Condemned of Altona*)中的偉大場面裏得到最好的表達。陌生和不可思議的三十世紀的居民毫無饒恕寬容地凝視着浸透了拷打、剝削和血罪的今天:「天花板上戴面罩的人們……多足動物……數個世紀,瞧啊,這是我的世紀,他孤獨、可鄙,受到指控。我的當事人在你們面前挖空了他的內臟;那些看起來像淋巴液的東西實際上是血液

……回答我！三十世紀不再作聲應答。也許過了這個世紀便不再會有別的世紀了。也許一顆炸彈炸熄了所有的燈光。一切都將滅亡:眼睛、審判官、時間。黑夜。噢，偉大的黑夜法庭，你曾經是，也將永遠是，你是──我生存過！我生存過！」[35]然而弗蘭斯向沉默和難以想像的子孫後代的呼喚，帶着存在主義疾症的所有回聲，並不是唯一可能同歷史建立完整關係的修辭手段。無論如何，薩特的多足動物是我們自己的兒孫輩或曾孫輩，是布萊希特所謂「遺腹子」(Nachgeborenen)。我們可以引用一種十分不同的政治藝術──阿蘭伊恩·泰納(Alain Tanner)的電影《在2000年將是二十五歲的喬納》(*Jonah Who Will Be 25 in the Year 2000*)──來結束本文：這部電影是關於後個人主義的集體關係的游戲，新主體的到達不需要通過生育行為。這部電影表達了我們同過去的闡釋關係：只要我們在對過去進行闡釋時牢牢地保持着關於未來的理想，使激進和烏托邦的改革栩栩如生，我們就可以掌握過去作為歷史的現在。

一九七九年秋

---

[35]　Jean-Paul Satre, *Sequestres d'Altona* (Paris, 1960), pp. 222–223.

處於跨國資本主義時代中的
第三世界文學*

　　從最近同第三世界知識分子的交談中可以看到，他們執着地希望回歸到自己的民族環境之中。他們反覆提到自己國家的名稱，注意到「我們」這一集合詞：我們應該做些甚麼、我們應該怎樣做、我們不應該做些甚麼，我們如何能夠比這個民族或那個民族做得更好、我們具備自己獨有的特性，總之，他們把問題提到了「人民」的高度上。這不是美國知識分子討論「美國」的方式，事實上人們也許會感到這純粹「民族主義」的舊話題，是一個早已在美國被合理地清算了的問題。但是，在第三世界裏（同時也在第二世界中的主要地區裏）某種民族主義是十分重要的，因此我們有理由質問民族主義到底是否真的不妥當。實際上，一些非濫用和較為有經驗的第一世界（歐洲多於美國）的智慧中的教訓是否在於促使第三世界國家盡快超越民族主義呢？我認為柬埔寨、伊朗、伊拉克的已能預期到的結局不能表明除了受到全球性的美國後現代主義文化影響之

　　*　原題"Third-World Literature in the Era of Multinational Capitalism," *Social Text*, no. 15, Fall 1986. © Duke University Press. Translated by permission of Duke University Press.

　　本文是作者在為加州大學聖地亞哥分校已故同事和友人羅伯特‧艾略特(Robert Elliott)而舉行的第二次紀念會上的講演稿。——譯註

外，這些國家的民族主義可以被取代。

我們可以對諸如第三世界文學一類的非準則形式的文學的重要性和利害關係進行許多辯論，但是一種借用敵手的武器的論點是十分自我挫敗的：這種論點企圖證明第三世界的文本與準則本身的文本同樣「偉大」。僅舉一例來證明其論點的目的：如果說非規範形成的人物但西歐·海姆特(Dashiell Hammett)與陀思妥耶夫斯基同樣偉大，那麼海姆特便可以成為準則形式的人物。這種論點抹煞所有構成次文類的「髓質」形式的痕跡，導致立即的失敗。陀思妥耶夫斯基的熱忱讀者讀了幾頁海姆特的書馬上便會感覺到他們無法找到讀陀氏作品時的那種滿足。對於非準則本文的全然相異保持沉默是沒有甚麼好處的。第三世界的小說不會提供普魯斯特或喬依斯那樣的滿足。也許更為有害的是這種傾向可以使我們想起我們第一世界文化發展中的過時了的階段，該我們得出結論：「他們還在像德萊賽或舍伍德·安特遜(Sherwood Anderson)那樣寫小說。」

為這種沮喪辯解的方法之一是說它深深地依附於現代主義創新——如果不是式樣改革——的韻律;這種辯解不是道德的辯解,即不是歷史主義式的辯解，而是對我們在後現代主義的現實之中的禁錮提出了挑戰，號召重新估價我們自己的文化遺產和它現在似乎已經過時的環境和式樣。

但我現在以一種不同的方式來辯解：這些對第三世界文本的反應完全是自然的，十分易於理解，而且也非常狹隘。如果規範的目標在於限制我們的審美同情心，通過閱讀一小部分有選擇性的文本而發展我們豐富微妙的感性知識，不鼓勵我們閱讀其他任何文本或以不同的方式來閱讀，那麼，這便是人文的貧困。確實，我們對那些往往不是現代派的第三世界文本缺乏同情心這種狀態本身，就是富人對世界上其他地方確實還有

人生活在水深火熱之中的現實的更深層的懼怕——那些人的生活與美國郊區的日常生活完全不同。美國城市郊區的居民過着一種受庇護的生活，不必面對困難，不必對付城市生活的複雜性和挫折感，這倒沒有甚麼值得感到特別不榮譽的，但也不值得感到特別驕傲。此外，有限的生活經驗通常不利於對類型全然不同的人民的廣泛同情（我在此指的是從性別、種族直到社會階層和文化的不同）。

所有這些對影響閱讀過程的方式如下：對於具有由我們自己的現代主義所形成的欣賞能力的西方讀者來說，一部流行的或社會寫實的第三世界的小說——雖然不是立即感到的——似乎是曾經閱讀過的作品。我們感到，在我們與這部陌生文本之間存在着另外一個讀者，或者説是大寫的異己讀者(the Other reader)。對於這個異己讀者來説，一種我們認為是老生常談或幼稚的敘事方式具有我們所不能分享的信息的新鮮感和對社會的關注。這樣，我所講的懼怕和抵制，同我們自己對與我們全然不同的異己讀者的不一致的感覺有關；如果我們希望同異己的「理想讀者」能有足夠的相同之處——也就是說，能有效地閱讀這個文本，就必須放棄許多對我們個人來說是十分寶貴的東西，承認一種陌生因而可怕的存在和環境——一種我們不了解和情願不去理解的存在和環境。

讓我回到規範的問題上來，我們為甚麼必須只讀某種類型的書籍呢？沒有人建議我們不應該閱讀那些書，但是我們為甚麼不去閱讀別的類型的書呢？我們畢竟沒有被運載到偉大書籍名單的製造商所衷愛的「荒島」上去。事實上——這是我辯論的關鍵一點——不管我們願意與否，我們一生都在「閱讀」許多不同的文本，我們生存的許多時間消耗在與我們的「偉大書籍」截然不同的大眾文化的權力領域之中，在難免破裂的社

會中各個分隔間裏過着一種雙重的生活。需要意識到我們甚至比這更為根本地分裂着，而不是緊緊抓住那種特殊的「中心的主體」和統一的自我特徵的幻影。我們可以做得更好一些，誠實地面對全球範圍的分裂的事實；這種正面相對是一個文化的開端。

對我使用的術語「第三世界」的最後一點意見：我採取對這個表達方式的批評觀點，反對抹煞非西方國家和環境內部之間的深刻不同之處。（確實，這種基本相互對立之一——在龐大的東方帝國的傳統與那些後殖民地的非洲各國的傳統之間——將在下面的論述中起關鍵性作用）我不認為諸如此類的表達方式能夠表明在資本主義第一世界、社會主義集團的第二世界，以及受到殖民主義和帝國主義侵略的其他國家之間的根本分裂。我們蔑視那種相互對立關係——例如在「發達國家」和「不發達國家」或稱「發展中的國家」之間——在意識形態上的含義。較為新穎的南北二方位論的概念具有十分不同的意識形態內容和含義。這個概念則由非常不同的人們使用着，然而這個概念仍然意味着對「集中理論」的毫無質疑的接受——按照這個觀點，蘇聯和美國在很大程度上是一碼事。我以本質上是描述的態度來使用「第三世界」這個名詞。我不認為反對這種用法的意見同我正在進行的辯論有特別的關聯。

在本世紀的八十年代裏，建立適當的世界文學的舊話題又被重新提出。這是由於我們自己對文化研究的概念的分解而造成的，我們清楚地認識到自己周圍的龐大外部世界的存在。因此，我們可以——作為「人文主義者」——承認我們掛名的領袖威廉‧班內特(William Bennett)對當前人文主義的批評是貼切的，而不用對他令人尷尬的結論感到滿意：他的解決辦法是開列另一個枯竭的希臘—猶太文化主導的西方文明種族中心論

的偉大書籍的目錄，所謂「偉大的文本，偉大的精神、偉大的思想」。人們不禁要用班尼特本人曾贊同地引用過的梅納德·馬克(Maynard Mack)提出的問題來質問班尼特本人：「一個民主的國家怎麼能夠支持已被他們自己的形象戳穿了的自我陶醉的一小撮人呢？」目前的形勢的確為重新思考我們的文學科的課程而提供了一個有利的機會——重新檢驗我們傳統的「偉大書籍」、「人文學科」、「大學一年級文學概論課」、「重點課程」的廢墟和遺跡。

在今天的美國重新建立文化研究需要在新的環境裏重溫歌德很早以前提出的「世界文學」。任何世界文學的概念都必須特別注重第三世界文學，這是我今天要講的廣泛的題目。

鑒於第三世界中的各民族文化和各地區的具體歷史軌道的多樣化，要提出一個第三世界文學的轂體理論未免太冒昧。那麼，我所提的第三世界文學只是臨時性的，旨在建議研究的具體觀點和向受第一世界文化的價值觀和偏見影響的人轉達那些明顯被忽略了的文學的利害關係和價值。我們從一開始就必須肴意到一個重要的區別，即所有第三世界的文化都不能被看作是人類學所稱的獨立或自主的文化。相反，這些文化在許多顯著的地方處於同第一世界文化帝國主義進行生死搏鬥之中——這種文化搏鬥的本身反映了這些地區的經濟受到資本的不同階段或有時被委婉地稱為現代化的滲透。這說明對第三世界文化的研究必須包括從外部對我們自己重新進行估價，（也許我們沒有完全意識到這一點）我們是在世界資本主義總體制度裏的舊文化基礎上強有力地工作着的勢力的一部分。

如果是這樣的話，首先需要區別處於資本主義滲透時的舊文化的本質和發展，我認為用馬克思主義的生產方式的概念來檢查這些舊文化很有啓發性。當代歷史學家似乎正在取得一

致的看法，認為封建主義的具體情況是由羅馬帝國或日本武士道的崩潰而直接發展到資本主義的一種形式。別的生產方式則不同，它們在資本主義開始實施自己的具體方針和取代舊的生產方式之前就已經被暴力打得分崩離析。當資本主義逐漸擴張到全球時，我們的經濟制度遇到兩種非常明顯的生活方式，體現出抵制我們的經濟制度之影響的兩種十分不同的社會和文化。一是所謂原始或部落社會，二是亞細亞生產方式，也稱為龐大的官僚帝國制度。非洲的社會和文化，當它們成為十九世紀八十年代以後有組織的殖民地的對象時，提供了資本社會和部落社會共生的最顯著的例子；中國和印度則是資本主義捲入所謂亞細亞方式的巨大帝國之中的另一個十分不同的例子。我下面要舉的例子以非洲和中國為主；當然，拉丁美洲的特殊情況也必須順便提到。拉丁美洲是第三種發展的方式——把對早期帝國制度遭到破壞的集體記憶重新輸注進古代或部落之中。這樣，早期名義上的征服對拉丁美洲來說是一種間接的經濟滲透和控制——非洲和歐洲只有在五十年代和六十年代消滅殖民化之後才遇到這種情況。

如此初步區分之後，讓我做出一個總的假設，指出所有第三世界文化生產的相同之處和它們與第一世界類似的文化形式的十分不同之處。所有第三世界的文本均帶有寓言性和特殊性：我們應該把這些文本當作民族寓言來閱讀，特別當它們的形式是從佔主導地位的西方表達形式的機制——例如小說——上發展起來的。可以用一種簡單的方式來說明這種區別：資本主義文化的決定因素之一是西方現實主義的文化和現代主義的小說，它們在公與私之間、詩學與政治之間、性慾和潛意識領域與階級、經濟、世俗政治權力的公共世界之間產生嚴重的分裂。換句話說：弗洛伊德與馬克思對陣。我們竭盡全力從理論

上克服這種巨大的分裂，只能重申這種分裂的存在和它對我們個人和集體生活的影響之力量。我們一貫具有強烈的文化確信，認為個人生存的經驗以某種方式同抽象經濟科學和政治動態不相關。因此，政治在我們的小說裏，用斯湯達的規範公式來表達，是一支「在音樂會中打響的手槍」（意指十分不協調）。

儘管我們可以為了方便和分析而保留主觀、客觀、政治等等的分類，它們之間的關係在第三世界文化中是完全不同的。第三世界的文本，甚至那些看起來好像是關於個人和利比多趨力的文本，總是以民族寓言的形式來投射一種政治：關於個人命運的故事包含着第三世界的大眾文化和社會受到衝擊的寓言。難道需要我補充說正是這種政治與個人十分不同的比率導致我們初讀第三世界文本時感到陌生、感到與我們所熟悉的西方閱讀習慣格格不入嗎？

這種寓言化過程的最佳例子是中國最偉大的作家魯迅的第一部傑作《狂人日記》(1918)。西方文化研究忽略了魯迅是件令人遺憾的事，這不是以無知為藉口所能彌補的。任何西方讀者初讀《狂人日記》時會感到它是我們用心理學語言稱之為「精神崩潰」的記錄。這是一個受到精神幻覺騷擾的病人的筆記和觀察，他相信在他周圍的人中間隱藏着一個可怕的秘密，不斷增加的事實證明他們都是食人動物。在幻覺發展到高潮時，敘事人感到自己失去了安全感，有可能被吃掉。他覺得他的哥哥就是一個食人動物。幾年前他的小妹妹不是因病而死，而是被家人謀殺了。對於一個精神病患者來說，這些觀察是客觀的，不受內省機制的支配。患幻想狂症的病人看到他周圍世界裏的邪惡眼光，聽到他哥哥和醫生之間的談話，並真實和客觀地（或現實地）把他的所見所聞記錄了下來。不必詳細地引

用西方或第一世界對這種現象的理解。弗洛伊德對施萊伯爾的幻覺所做出的解釋對魯迅所列的案例完全適用：空洞化了的世界和利比多的嚴重萎縮（施萊伯爾形容為「世界災難」），隨之而來的是調節明顯不完善的幻覺機能的嘗試。弗洛伊德解釋道：「幻覺的形成，那種我們認為是精神疾病的產物，事實上是康復的嘗試、重建的過程。」

被重建的是處於我們自己的世界表面之下的一個恐怖黑暗的客觀現實世界：揭開或揭露了夢魘般的現實，戳穿了我們對日常生活和生存的一般幻想或理想化。這個過程的文學效果同西方現代主義尤其是存在主義的某些過程相似。與某些老式現實主義不同，在這裏敘事作為對現實和幻覺的試驗性的探究，預先假定存在着某些先驗的「個人知識」。換句話說，讀者必須具有相應的經驗，無論是身體的疾病或精神上的危機，親身體驗過我們無法從精神上逃脱的不幸異化了的現實世界，這樣才能真正欣賞魯迅所描繪的惡夢的極其恐怖。這種現象由「抑鬱」一類的詞匯心理化了，又被反射到了病理學的異己身上(the pathological Other)，改變了這種經驗的形狀。處理這種經驗的相互的西方文學手段——我在考慮康拉德《黑暗之心》裏克爾茨臨終前的原型式的低語：「恐怖！恐怖！」——再現了這種恐怖，把它改變成個人化和主觀的「心境」，這種心境只能由一種審美的表達方法體現出來——那種不可言喻、難以名狀的內心感情，其外部只能由像譬如疾病狀一類的外殼標誌出來。

但是我們很難適當地欣賞魯迅文本的表達力量，如果我們體會不到文本中寓言式的共振。因為很清楚，那個病人從他家庭和鄰居的態度和舉止中發現的吃人主義，也同時被魯迅自己應用於整個中國社會：如果吃人主義是「寓意」的，那麼，

這種「寓意」比文本字面上的意思更為有力和確切。魯迅指出，中國在大清帝國末期和民國之初被分割肢解、停滯不前，而魯迅的同胞們「確實」是在吃人：他們受到中國文化最傳統的形式和程序的影響和庇護，在絕望之中必須無情地相互吞噬才能生存下去。這種吃人的現象發生在等級社會的各個層次，從無業游民和農民直到最有特權的中國官僚貴族階層。值得強調，吃人是一個社會和歷史的夢魘，是歷史本身掌握的對生活的恐懼，這種恐懼的後果遠遠超出了較為局部的西方現實主義或自然主義對殘酷無情的資本家和市場競爭的描寫，在達爾文自然選擇的夢魘式或神話式的類似作品中，找不到這種政治共振。

現在我要對《狂人日記》的文本補充四點，這四點將分別涉及故事中的利比多、寓言的結構、作為第三世界文化生產者的魯迅本人的作用和由故事雙重結局所引起的對未來的看法。在討論這四個方面時，我將要強調第三世界文化的動力和第一世界文化傳統的動力之間在結構上的巨大差異。

我在前面已經提過，在第三世界文本中個人和社會經驗裏的利比多和政治因素之間的關係，同西方對這個問題的看法以及形成我們自己存在的西方文化形式截然不同。我可以用下面的幾點概括這個不同或相反特徵：在西方，按照慣例，政治參與是以我剛才談的那種公私分裂的方式而受到遏制和重新被心理化或主體化的。例如，我們都很熟悉那種用俄狄浦斯式的反抗來解釋六十年代的政治運動的論點，不需我多費口舌。這種解釋是我們悠久傳統中的片段。也許人們不大理解政治參與依靠甚麼被重新心理化了，以及為甚麼要用怨恨的主體動力和有關獨裁主義者的性格來解釋政治參與，但是仔細閱讀從尼采和康拉德的反政治的文本直到最新的冷戰宣傳就會明白這一點。

在此我希望討論西方文本中的政治參與和心理化在第三世界文化中的反響。在第三世界文化中，心理學，或者更為確切地說利比多，應該主要從政治和社會方面來理解（我下面要談的僅僅是推測，非常需要中國問題專家的訂正。我僅舉一個方法論的例子，而不是提出關於中國文化的「理論」）。偉大中國古代帝王的宇宙論與我們西方人的分析方法不同：中國古代關於性知識的指南和政治力量的動力的文本是一致的，天文圖同醫學藥理邏輯也是等同的。西方的兩種原則之間的矛盾——特別是公與私（政治與個人）之間的矛盾——已經在古代中國被否定了。魯迅文本中的利比多中心並不是指性慾，而是關於口腔階段，那種關於吃、消化、吞咽、排泄等等一系列軀體的問題，提出一些基本的分類，例如清潔與不清潔的區分。不僅中國烹飪具有超級象徵意義的複雜性，而且吃的藝術和實踐在整個中國文化上扮演了中心角色。中國詞匯有關性慾方面的豐富詞匯與吃的語言纏繞在一起。「吃」在普通漢語會話中有多種用途，例如一個人「吃」了一驚，「吃」了一嚇。「吃」在中國文化中的地位是非常重要的。認識到這一點，我們就能更好地理解這一塊極度敏感的利比多區域的重要性，理解魯迅運用「吃」來戲劇化地再現一個社會夢魘的意義。——而一個西方作家卻僅僅能從個人執迷、個人創傷的縱深度來描寫這種現象。

魯迅的小故事《藥》描寫了另一種消化系統的作用。這個故事敘述一個瀕死的兒童——在魯迅的著作中兒童之死是經常的話題——吃了他的父母為他弄到的「靈丹妙藥」。魯迅認為傳統中藥集中反映了中國傳統文化中難以言喻和富有剝削性的虛偽一面。魯迅在為自己第一部小說集所寫的十分重要的前言裏敘述了他的患肺結核的父親的病情和死亡。他的破落家庭

的財富不斷地消耗在購買貴重、稀少、奇異和荒唐的藥品上。
出於憤怒的象徵意義，魯迅決定到日本去學習西方醫學，後來
他選擇了文化生產的對政治文化的詳盡闡述是政治醫藥最有效
的形式。作為一個作家，魯迅是一個診斷家和醫治者。在
《藥》這個可怖的故事裏，對那個作為傳宗接代的唯一希望的
男孩的醫治是一個沾滿了剛被殺死的囚犯的鮮血的大白饅頭。
當然，這個男孩到底還是死了。那位國家暴力的不幸犧牲者
（所謂的罪犯）是一個政治活動家，他的墳墓被從未出場的同
情者神秘地置上了花環。分析此類故事時，我們必須重新思考
我們對敘事中的象徵意義的習以為常的理解（例如我們通常把
性慾和政治對等起來）。在這裏，敘事是相互聯繫和影響的一
套環扣──醫療上的吃人主義、家庭背叛和政治倒退最終在貧
民墓地上相遇。

在西方早已喪失名譽的寓言形式曾是華滋華斯和柯爾雷
基的浪漫主義反叛的特別目標，然而當前的文學理論卻對寓言
的語言結構發生了復蘇的興趣。寓言精神具有極度的斷續性，
充滿了分裂和異質，帶有與夢幻一樣的多種解釋，而不是對符
號的單一的表述。它的形式超過了老牌現代主義的象徵主義，
甚至超過了現實主義本身。我們對寓言的傳統概念認為寓言鋪
張渲染人物和人格化，拿一對一的相應物作比較。但是這種相
應物本身就處於文本的每一個永恒的存在中而不停地演變和蛻
變，使得那種對能指過程的一維看法變得複雜起來。

在這裏，魯迅的作品對我們有啟發作用。雖然魯迅的短
篇小說和小品文沒有進一步發展為長篇小說，他在描寫不幸的
苦力阿Q的逸事時採取了長篇小說的形式。阿Q成為關於某種
中國式態度和行為的寓言。很有趣的是形式的擴大決定了語調
或文類敘述話語的變化──那種因死亡和絕望而受難的靜止和

空虛：「屋子不但太靜，而且也太大了，東西也太空了」——轉變成更為恰宜的卓別林式的喜劇材料。阿Q的復原力來自不尋常的——其實這在文化上是非常規範和熟悉的——克服羞辱的技巧。當阿Q被他的敵手擊敗了時,他鎮靜地反思：「『我總算被兒子打了，現在的世界真不像樣……』於是也心滿意足地得勝地走了。」敵手們讓阿Q承認自己不是人而是畜牲。相反，他告訴他們他比畜牲還不如：「我是虫豸——還不放麼？」「然而不到十秒鐘，阿Q也心滿意足地得勝地走了，他覺得他是第一個能夠自輕自賤的人，除了『自輕自賤』不算外，餘下的就是『第一個』。」當我們回想起滿清王朝臨滅之時的那種引人注目的自尊感和對僅擁有現代科學、戰艦、軍隊、技術和勢力的洋鬼子的高度蔑視，我們就能更好地理解魯迅諷刺的歷史和社會主題。

阿Q是寓言式的中國本身。然而使整個問題更為複雜化的是欺壓他的人——那些喜歡戲弄像阿Q一樣的可憐犧牲品，從中取樂的懶漢和惡霸——也在寓言的意義上是中國。這個十分簡單的例子說明寓言的容納力，它能引起一連串的性質截然不同的意義和信息。阿Q是受到外國人欺辱的中國，這個中國非常善於運用自我開解的精神技巧，不把欺辱當作欺辱，也不去回想它。但是在不同意義上，欺壓者也是中國，是《狂人日記》中自相吞食的中國，它無情地鎮壓在等級社會中的更弱和更卑下的成員。

所有這些逐漸地使我們接近了作為第三世界作家的問題，也就是知識分子作用的問題。在第三世界的情況下，知識分子永遠是政治知識分子。第三世界對我們今天的教訓再沒有比這一點更為及時和迫切了。在我們中間，「知識分子」一詞已經喪失了其意義，似乎它只是一個已經滅絕了的種類名稱。

我最近去了一趟古巴，參觀了哈瓦那郊區的一個大學預備學校，更加深刻地體會到這個空缺的不可思議。看到一個同第三世界十分相同的社會主義國家裏的文化課程，作為美國人我感到羞愧。在三四年之內，古巴十幾歲的青年學習荷馬的詩、但丁的《神曲》、西班牙的經典戲劇、歐洲十九世紀的偉大現實主義的小說、當代古巴的革命小說等等。我發現最富有挑戰意味的一門課專門研究知識分子的作用：文化知識分子同時也是政治鬥士，是既寫詩歌又參加實踐的知識分子。他們的榜樣是胡志明和安哥拉革命領袖納托。當然，榜樣的選擇明顯地取決於文化。我們自己相應的人物也許會是較為熟悉的杜‧博斯(DuBois)、C.L.R. 詹姆斯、薩特‧聶魯達(Neruda)、布萊西特‧卡蘭太依(Kollontai)、路易絲‧米歇爾(Louise Michel)。如果我們要建議在美國教育界建立一個嶄新的人文學科，就必須把對知識分子作用的研究算為主要的構成部分。

我已經談到過魯迅選擇自己的文學職業與他從事醫學研究有關。但是我們需要更詳細地討論他的《吶喊》的自序。這個自序不僅是理解第三世界藝術家的狀況的十分重要的文料，而且本身也同任何偉大的故事一樣是一個充實的本文。當魯迅的朋友兼未來合作者要求他發表作品時，魯迅講了一個小寓言作為自己的答覆，這個寓言戲劇化了他進退兩難的境地：

> 假若一間鐵屋子，是絕無窗戶而萬難破毀的，裏面有許多熟睡的人們，不久都要悶死了，然而是從昏睡入死滅，並不感到死的悲哀。現在你大嚷起來，驚起了較為清醒的幾個人，使這不幸的少數者來受無可挽救的臨終的苦楚，你倒以為對得起他們麼？

　　在這個對於第三世界知識分子來說似乎沒有希望的歷史階段裏（中國共產黨剛剛成立，中產階級革命的失敗已露倪端）——找不到解決的辦法和實踐——這種局面同獲得獨立後的非洲知識分子的情況相同，在歷史的地平線上又失去了政治的視野。在文學上反映這種政治徬徨是敘事上的封閉，關於這一點，我們將在後面更詳細地論述。

　　我們需要在馬克思主義的傳統裏重新找出「文化革命」的意義。我所講的「文化革命」不是指現代中國歷史上的十年浩劫。列寧首次使用「文化革命」這個詞，它指掃盲運動和處理普通的學術和教育上的新問題。在這一點上，古巴是近代歷史上最令人感嘆和最成功的例子。然而我們必須擴大「文化革命」的概念，讓它含有很多看起來非常不同的側重點：葛蘭西(Gramsci)、威爾漢姆‧萊赫(Wilhelm　Rerch)、福蘭斯‧范農(Frantz Fanon)、赫伯特‧馬庫塞(Herbert Marcuse)、羅道夫‧巴羅(Rudolph Bahro)、保羅‧福赫(Paolo Freire)，這些人的名字也許能表明這些側重點的範圍和主要觀點。這些人的著作中所指的「文化革命」依賴於葛蘭西所稱的「臣屬」(subalternity)。「臣屬」是指在專制的情況下必然從結構上發展的智力卑下和順從遵守的習慣和品質，尤其存在於受到殖民化的經驗之中。習慣於主體化和心理化的第一世界的人們往往會誤解「臣屬」。「臣屬」不是心理方面的問題，儘管它控制心理。我們應該以某種非心理化、非歸納主義、非經濟主義和非物質主義的方式來重新組合「臣屬」的意義，將其投射進客觀或集體精神的領域裏，因此我提議選擇「文化臣屬」的概念。當一個心理結構是由經濟和政治關係而客觀決定時，用純粹的心理療法是不能奏效的。然而，也不能完全地按照經濟和政治的轉化方式來對待「臣屬」，因為習慣依然殘留着有害和破壞的效力。

如果我們要理解第三世界的知識分子、作家和藝術家所起的具體歷史作用的話，我們必須在這種文化革命（目前對我們來說是陌生和異己）的語境之中來看待他們的成就和失敗。作為第一世界的文化知識分子，我們把我們的生活和工作的意識局限在最狹隘的專業或官僚術語之中，具有一種特殊的臣屬性和負罪感，只能加劇這個惡性循環。文學作品可以是政治行動，引起真正的後果，這在我們許多人看來不過是沙皇俄國的文學史或現代中國本身的奇特性而已。但是我們應該也考慮到，作為知識分子，我們可能正酣睡在魯迅所說的那間不可摧毀的鐵屋裏，快要窒息了。

那麼，敘事上的封閉和敘事本文同未來的關係不僅僅是形式或文學批評的問題。《狂人日記》事實上有兩種截然不同和互不協調的結局，我們可以從作者本人對自己社會的猶疑和焦慮方面來分析。一個結局是那位患狂想症的病人無法忍受吃人主義而發出了呼叫，他向空虛投入的最後的一句話是：「救救孩子……」。另一個結局是在序言部分，當那個病人的哥哥（所謂吃人者）見到敘事人時高興地說：「勞君遠道來視，然已早愈，赴某地候補矣」。在故事的開頭便宣佈了夢魘的無效，那個患妄想症的幻覺者透視表面而見到了孔怖的現實，從而感激地回到了幻覺和遺忘的領域，重新在官僚勢力和特權階層裏恢復自己的席位。只有付出這個代價、只有複雜地運用同時存在和對立的信息，敘事本文才能夠展現對真正未來的具體看法。

我們的基本政治任務之一就是不停地提醒美國公眾，別的民族情況十分不同於美國。但是在這點上，我們應該加上一句，提醒「文化」概念本身所具有的危害性。我對中國「文化」所做出的推測不可能是完全的，如果我不加一句話說我們

不能停止在「文化」的這個意義上。我們應該想像這樣的文化結構和態度首先本身就是對現實的基礎結構（例如經濟和地理結構）的極其重要的反應。它企圖解決更為基本的矛盾——企圖戰勝產生基本矛盾的環境，作為實在的文化形式生存下來。這些文化形式成為後代人所經歷的客觀情況，例如曾經是解決困境的方法之一的孔子儒學在二十世紀變成新出現的障礙的一部分。

我也不認為文化「特徵」或民族「特徵」的概念是完整的。一般後結構主義者對曾經是資產階級個人主義的統一自我的所謂「中心主體」進行攻擊，然後他們卻又使這個統一心理的意識形態的蜃景以集體特徵的教義形式得到復蘇，這是不公正的。宣揚集體特徵需要從歷史的觀點上進行評價，而不是從一些教條主義和無場所的「意識形態分析」的立場上來評價。當第三世界的作者（對我們）使用這一意識形態的價值觀時，我們需要嚴密地檢驗其具體的歷史背景，從而理解他們有策略地使用這一概念的政治效果。例如魯迅當時對中國「文化」和「文化特徵」的批判具有強有力的革命效果——這種革命的效果在後來的社會結構中也許獲取不到。這也許是以較為複雜的方式來討論「民族主義」的問題。

關於民族寓言，應該首先提到它在西方文學中的存在形式，以便理解它同第三世界的民族寓言在某些結構上的不同之處。我想舉班尼托‧皮拉斯‧卡多斯(Benito Perez Galdos)的著作為例——他的著作是十九世紀現實主義最豐富的成果裏的最後一個。卡多斯的小說比許多更為著名的歐洲小說更具有明顯的寓言性（從民族主義的意義上來看）。儘管十九世紀的西班牙嚴格地說不屬於邊緣性的國家，但是同英國或法國相比較時卻當然是半邊緣性的國家。卡多斯的小說《佛吐娜塔和賈辛

塔》(*Fortunatay Jacinta*, 1887)裏描寫一個男人在題目中提到的兩個婦女──妻子和情人、中上層婦女和「人民」的婦女──之間來回周旋。其政治寓言卻指他在民族與國家之間、在一八六八年共和革命和一八七三年波旁復辟之間的猶豫。在這裏,阿Q式的寓言指涉的「游離」或轉移的結構也起了作用:佛吐娜塔已經結了婚,在「革命」和「復辟」之間的游移也同樣適用於她,因為她離開了自己合法家庭去追隨自己的情人,被情人遺棄以後又返回到家庭之中。

卡多斯的小說具有多種選擇的性質:我們可以把小說的全部情景轉換為對西班牙的命運的寓言式的評論,我們也可以自由地扭轉其主次關係,把政治推論閱讀成為個人戲劇的比喻式的裝飾、僅僅是個人戲劇的強化借喻而已。在這裏,寓言結構遠遠不使政治和個人或心理的特徵戲劇化,而趨向於絕對的方式從根本上分裂這些層次。我們感覺不到寓言的力量,除非我們相信政治和利比多之間有着深刻的分歧:在西方寓言的作用重新證實(而不是抵消)了我們前面討論過的西方文明所特有的公與私之間的分裂。德勒茲(Deleuze)和加塔利(Guattari)在他們倆合著的《反俄狄浦斯》一書中嚴厲地批評這種分裂和習慣,提出一個同時具有社會和個人慾望的概念:

譫妄胡話是怎樣開始的?也許電影能夠保住瘋狂的一刹那,因為電影不帶分析,而是探討共同存在的普遍範圍。尼克羅斯·瑞(Nicholas Ray)的一部影片假設是表現譫妄胡話的形成:一個中學教師在業餘時間為一家出租汽車公司工作時由於心臟病的暴發而被送進醫院。他是一位工作過度的做父親的人。在醫院裏他開始昏迷,譫妄胡話。他起初咒罵一般的教育制度,講論恢復複純種民族的需要,大叫着要恢復社會和道德秩序,然後

他開始講宗教，以《聖經》裏的亞伯拉罕為榜樣。但是事實上亞伯拉罕人做了些甚麼？我們知道他殺死了或想要殺死自己的兒子，也許上帝的唯一錯誤是阻止了他。但是這個影片的主人公不是有個兒子嗎？噢……令精神病學家感到羞愧的是這部影片十分成功地表現了每一讕妄胡話首先涉及社會、經濟、政治文化、種族和種族主義、教育學和宗教的領域：說胡話的人對他的家庭和兒子講胡話，在各方面哄騙他們。

我本人不太清楚這個第一世界的公與私的社會實際鴻溝所產生的客觀後果是否可以由智力診斷或某些理論而廢除。相反，德勒茲和加塔利關於這部電影所提出的是一種新的、更為有效的寓言式的閱讀。與其說這種寓言結構不存在於第一世界的文化本文中，不如說它是在我們的潛意識裏，必須被詮釋機制來解碼。詮釋機制包括對我們目前第一世界的情況所進行的一整套社會和歷史的批判。同我們自己的文化本文的潛意識的寓言相反，第三世界的民族寓言是有意識與公開的：這表明政治與利比多動力之間存在着一種與我們的觀念十分不相同的客觀的聯繫。

在轉到非洲文本之前，我要提醒諸位，本文是為了紀念羅伯特·艾略特(Robert C. Elliott)和他的著作而寫的。艾略特的兩部最重要的著作《諷刺的力量》和《烏托邦的形成》之要點在於他把諷刺和烏托邦這兩個貌似相悖的概念（和文學敘述話語）相聯繫起來。諷刺和烏托邦在事實上相互重迭，其中一個總是隱藏在另一個影響範圍中積極地發揮作用。艾略特告訴我們，所有諷刺自身均帶有烏托邦的框架；所有烏托邦，無論是安然無恙或是支離破碎的，都是悄悄地由諷刺者對墮落的現實的憤慨而支配的。當我在前面提起未來性時，我曾盡力不使用

「烏托邦」這個詞。「烏托邦」在我杜撰的詞匯中是社會主義規劃的代名詞。

現在，我要比較詳細地引用當代偉大的塞內加爾小説家兼電影製片人奧斯曼尼‧塞姆班內(Ousmane Sembene)的小説《夏拉》中的一段令人驚異的話來作為我的座右銘。「夏拉」(Xala)指一種特別的災禍或苦惱。這個災禍降臨到一個富裕而腐敗的塞內加爾生意人的身上。當他買賣興隆的時候，他娶了一位年輕貌美的女人做自己的第三房妻子。當然，諸位也能猜到他的災禍就是陽萎。不幸的哈基不顧一切地尋求西方和部落的醫治，但沒有效用，最後人們勸服他長途跋涉到第卡爾內陸去向一位享有盛名的具有超凡能力的巫師求治。下面就是他頂着炎日、風塵僕僕的馬車旅程結束時的那一段：

當他們從溝壑駛出來的時候，他們看到歷經風吹雨打而呈現灰黑色的圓錐形的茅屋頂，襯托着地平線上荒曠的中部平原。自由游牧的瘦骨嶙峋的牛羣帶着挑戰的頭角相互格鬥着，爭奪稀稀落落的牧草。可以看到遠處圍着唯一的一口井忙碌着的人的輪廓。馬車夫對這一帶很熟悉，一邊駕駛馬車一邊同遇到的人打招呼。賽雲‧馬達的房子，除了高大些，同周圍別的茅屋的構造一樣。他的房子座落在村莊的中央，兩邊由別的茅屋圍成半圓形，只留有一個主要入口。這個村莊既無商店又無診療所；根本沒有任何吸引人的地方，（奧斯曼尼下了結論，然後彷彿又思考了一陣，重覆了那句冷酷無情的話。）根本沒有任何吸引人的地方。這個村莊的生活建立在團體相互依賴的原則之上。

在這裏，過去的空間和未來的烏托邦——集體合作的社會

——比任何我所知道的本文更加象徵性和戲劇性地被嵌入獨立後的民族或買辦資產階級的腐敗和西方金錢經濟之中。是的，奧斯曼尼盡力向我們表明哈基不是工業家，他的生意不是生產型的，而是在歐洲跨國工業和當地開採工業之間當中間人。對於哈基的傳記可以再加一個十分重要的事實：哈基在年輕的時候積極參加過政治運動，因為參加民族主義和獨立前的活動而被捕入過獄。對這些腐敗階層的特別諷刺（在《最後帝國》裏奧斯曼尼同樣地勾劃了桑格霍爾[Senghor]的形象）明顯地表明了獨立運動和社會革命的失敗。

事實上，十九世紀拉丁美洲和二十世紀中葉非洲的名義上的民族獨立終止了以真正民族自治為唯一的運動。這種象徵性的近視並不是唯一的問題：非洲國家必須面對范農(Fanon)預言似地告誡過他們的要警惕喪失能力的後果——接受獨立不是獲取獨立，只有通過謀取獨立的革命鬥爭才能建立新的社會關係和發展新的意識。古巴的經驗和歷史值得我們深思：古巴是拉丁美洲國家中最後一個在十九世紀獲得獨立的國家——這種獨立馬上被另一個殖民勢力所竊取。自十九世紀末所開始的持久游擊戰（以何塞·馬蒂[Jose Marti]為標誌）對一九五九年古巴革命起了不可估量的作用；沒有奮力抗戰和地下鬥爭，古巴就不會有今天。古巴創造了自己長久革命鬥爭的過去，並在其過程中建立了自己特殊的傳統。

收下了獨立這個有毒的禮物之後，非洲激進作家例如奧斯曼尼或肯尼亞的努基(Ngugi)發現自己回到了魯迅的困境，他們渴望改革和社會更新，但是尚未找到能促使改革實現的社會力量。政治上的困境導致了美學的困境和表達的危機：找到操另一種語言和幹着明顯殖民主義勾當的敵人很容易，但當自己方面的人代替敵人幹了這些勾當，他們同外界操縱勢力的聯繫

就十分難以表述了。新上台的領袖摘下了面具，暴露出獨裁者的身份，不論是以舊獨裁者個人的身份出現還是以新的軍事形式出現。然而這時也決定表達方式發生了問題。獨裁者小説在拉丁美洲文學中已經成為一種文體，此類作品帶有深刻的令人不安的矛盾心理，一種對獨裁者深厚的最終同情，也許只能用弗洛伊德的學説的擴大社會變體的移情機制來合適地解釋這種現象。

我們一般都把第三世界社會的失敗歸結於「文化帝國主義」的結果，但文化帝國主義是沒有公開代理人的無形影響，它的文學表達需要新的形式：馬繆·浦伊格著的《里塔·黑沃斯的背叛》(Manuel Puig's *Betrayed by Rita Hayworth*)是其最顯著和富有創造性的形式之一。在這種情況下，傳統的現實主義不如諷刺寓言有效用。奧斯曼尼的一些敘事文（除了《夏拉》還有《匯票》）就具有傳統現實主義所不能比擬的寓言作用。

談到寓言，我們明顯地又回到了關於隱喻(allegory)的問題上來。《匯票》(*The Money Order*)採取了傳統的第二十二條軍規的困境——《匯票》中的主人公不幸沒有身份證來兌現從巴黎匯來的支票。他出生於獨立之前，沒有證明文件，而那張沒能兌現的匯票由於新的信譽支付和債務的積累開始貶值。這部發表於一九六五年的著作戲劇化了我們時代的第三世界國家發生的巨大災禍，大量石油資源的發現沒能拯救這些國家，卻一下子使它們陷入無可償還的大筆外債之中。

在另一個層次上，這個故事提出了分析奧斯羅尼的著作時必須要涉及的關鍵問題，即是古代或部落的因素所起的曖昧作用。觀眾也許還記得奧斯曼尼的第一部電影《黑姑娘》的古怪結尾：一個歐洲僱員莫名其妙地被一個戴着古代面具的小男孩追逐着；同時像《賽多》或《艾米塔伊》這樣的歷史電影似

乎也意在強調當地部落抵抗伊斯蘭或西方的入侵的歷史階段，但這是以一種認為此類抵抗幾乎很少有例外地終歸失敗的歷史觀點來表達的。奧斯曼尼並沒有任何思古或懷舊的文化民族主義，所以判斷他為甚麼提倡舊日的部落價值觀和其重要性就很關鍵，特別當這些價值觀在像《夏拉》或《匯票》這樣的現代著作中起着微妙的作用時。

《匯票》這部小說的深刻主題與其說是抨擊現代國家官僚機構，不如說是講傳統的伊斯蘭施捨的價值觀在當代金錢經濟中的歷史轉變。一個伊斯蘭教徒有責任佈施——這部著作就是以這樣尚未滿足的要求而告終。在現代經濟中，這種對貧苦人施捨的神聖職責轉變為由社會各階層的要求別人施捨的人變本加厲地盤剝他人。（最後，這筆被一個西方化了的富裕而有勢力的表兄佔用了）小說的主人公被貪得無厭的人榨得乾癟癟的；更有甚者的是他周圍的整個社會變成了殘忍貪婪的乞食者，像魯迅所描繪的吃人主義的貨幣形式一樣。

同樣的雙重歷史觀——古老習俗被資本主義關係的超級地位劇烈地改變和變得非自然化——在《夏拉》中以古代伊斯蘭教和部落的一夫多妻制的現代殘留形式表現出來。下面是奧斯曼尼對這種制度的評說（應該理解敘事人的介入，雖然在現實主義的敘事中已不能忍受，但在寓言形式中仍然很合體）：

> 值得了解城市一夫多妻的人們的生活。可以稱這種形式為一夫多妻地理制，與妻兒共居一處的農村一夫多妻制相對。在城市裏，由於庭的分散，孩子們同父親沒有來往。做父親的迫於自己的生活方式，必須從一幢房子到另一幢房子、從一個別墅到另一別墅去，而且只有在傍晚上床時分才能在那裏。因此，當父親有工作時，他首先是經濟的來源。

我們生動地看到哈基的苦難：當他為了鞏固自己的社會地位而第三次結婚時，他意識到了他並沒有自己真正的家，只是被迫來往於幾個妻子的別墅之間。他覺得他的妻子們得對他的苦差事負責任。我引用的上面那段話説明——不管我們怎樣看待一夫多妻制——一夫多妻制起着歷史透視的兩重效用。哈基的越來越狂亂的城市間的旅行説明了資本主義和昔日社會生活中的部落形式的並列共存。

《夏拉》是「文類斷續」(generic discontinuities)的一本出類拔萃和刻意精細的教科書。這部小説以一種文類規範開始：哈基讀起來像一個喜劇式的犧牲者。哈基喪失性功能的新聞突然引起了更大的不幸，所有一切頓時變得糟糕起來：他的無數債主開始向他這個不幸的失敗者撲來。喜劇的憐憫和恐懼伴隨着這個過程，儘管這並不意味着對主人公的任何特別的同情。事實上本文表現了對西方化的新特權社會的憎惡。但是我們最終全錯了：哈基的妻子們不是他的災禍的根源。一個突然的文類反向和擴充（可以同弗洛伊德在《論神秘》中所稱的某些機制相比較）使我們了解到哈基過去的令人寒心的所作所為：

> 「咱們的故事發生在很久以前。就在你同那個女人結婚前不久。你不記得了嗎？我知道你情願忘掉這事。我現在的這副模樣，」（一個穿得破爛不堪的叫化子對他説）「我現在的這副模樣是你的過錯。你還記得在傑可那裏賣掉一大片屬於我們部落的土地嗎？你伙同上面的人偽造了我們部落裏人的名字，把土地從我們手裏奪走了。儘管我們有土地所有權的證據，我們還是在法院輸掉了官司。你搶走了我們的土地還不甘心，又把我投進了監獄。」

這樣，資本主義的原始罪惡被揭露了：不是工資勞動、貨幣形式的劫掠和市場的冷酷無情的循環，而是舊的集體生活方式在已被掠奪和私人佔有的土地上所受到的根本取代。這是最古老的現代悲劇，過去發生在美國印第安人身上，今天發生在巴勒斯坦人身上，而奧斯曼尼在《匯票》的電影改寫本（片名為《曼達比》）中將其重演：在電影改寫本中，主人公面臨著失去自己住宅的危險。

這個可怖的「壓抑的回歸」(the return of the repressed)決定了敘事上的明顯文類變化：我們突然不再處於諷刺之中，卻在宗教儀式裏面。由賽雲·馬達率領的乞食者和無業游民圍住哈基，要他經受一場恥辱和卑謙的宗教儀式，如果他想要擺脫「夏拉」的魔法的話。敘事表達提升到一個新的文類範圍，這個範圍涉及到古老勢力。它以預言的方式揭示了墮落的現實和烏托邦的毀滅。「布萊希特式」這個詞也許不能有力地形容發生在第三世界現實中的這些新的形式。然而，由於這個沒有預料到的文類結局，以上的諷刺本文轉變到了反作用的方面。從內容是對敘事中的一個人的詛咒所進行的諷刺突然被揭示為敘事人本身便是一個宗教儀式的詛咒——所有想像的事件鏈條變成奧斯曼尼本人對他的主人公和像他一類的人的詛咒。這令人信服地證實了羅伯特·艾略特對諷刺敘事話語的人類學起源的偉大洞察力。

我想以對第三世界文化中的主要民族寓言的起源和地位的幾點想法來結束本文。我們對當代西方文學中的自我指涉的機制很熟悉：是不是可以簡單地把第三世界文化中的民族寓言當作在結構上不同的社會和文化語境中的另一個自我指涉機制的形式？也許可以。但如果是這樣的話，我們必須顛倒我們理解這種機制的側重點，因為在我們的文化中社會寓言已是聲名

狼藉，它在西方的「異己」形象中起着不可避免的效用。比起更為普通的「物質主義」一詞，我倒寧願選擇「境遇意識」(situational consciousness)來形容這兩種相對立的現實。黑格爾對奴隸主與奴隸的關係所做的熟悉的分析，仍然是區別這兩種文化邏輯的最有效和戲劇化的分析。勢均力敵的雙方相互為取得對方的承認而鬥爭：一個情願為這個最高價值而犧牲自己的生命，另一個則是布萊希特和斯威克安式的酷愛軀體和物質世界的英雄懦夫，他為了繼續生存而屈服。奴隸主以醜惡非人道的封建貴族對沒有榮譽的生命的蔑視的代價換取了對方對自己的承認。所帶來的利益，使對方變成了卑謙的農奴或奴隸。但是在這裏發生了冷嘲式的辯證顛轉：只有奴隸主才是真正的人，因此次等人奴隸對奴隸主的「承認」一經達到便已消失，這種承認提供不了真正的滿足。黑格爾嚴峻地觀察道：「奴隸主的真理是奴隸；奴隸的真理是奴隸主。」但是第二個顛轉也在這個過程之中：奴隸被迫為奴隸主幹活，為他提供所有適合奴隸主的至高無上的權力的物質利益。但是這最終意味着只有奴隸才真正懂得甚麼是現實和抵抗；只有奴隸才能夠取得對自己情況的真正物質主義的意識，因為正是因為他的物質主義意識他才受到懲罰的。然而奴隸主卻患了理想主義的不治之症——他奢侈地享受一種無固定位置的自由。在那種自由裏，任何關於他自己具體情況的意識如同夢幻般地溜掉了。

在我看來，我們自以為世界主宰的美國人正處在與奴隸主相同的位置上。我們所形成的上層奴隸主的觀點是我們認識上的殘缺，是把所觀物縮減到分裂的主體活動的一堆幻象。這種觀點是孤立和缺乏個人經驗的，它掌握不住社會整體，像一個沒有集體的過去和將來的、瀕死的個人軀體。這種沒有固定位置的個人和結構主義為我們提供了薩特式的否認事實的奢

佟，讓我們逃脫了歷史的夢魘，但是同時也注定我們的文化染上心理主義和個人主觀的「投射」。基於自己的處境，第三世界的文化和物質條件不具備西方文化中的心理主義和主觀投射。正是這點能夠說明第三世界文化中的寓言性質，講述關於一個人和個人經驗的故事時最終包含了對整個集體本身的經驗的艱難敘述。

我們應該理解和認識這種不熟悉的寓言視野的重要性。但是我必須承認舊習難改，對於不習慣接觸現實或集體的我們來說，這種寓言視野經常是難以忍受的，使我們處於《押沙龍·押沙龍》中的昆頓(Quentin)的地位上，咕噥着那句強烈的否認：「我不憎恨第三世界！我不！我不！我不！」

然而這種抵制本身也具有教育意義：我們可以看到地球的三分之二的人民的日常生活的現實，覺得「其實沒有任何吸引人的地方」。但是我們這樣做的同時，不得不承認這種感覺的最終嘲弄人的結論：「他們的日常生活現實是建立在團體相互依賴的原則之上的。」

書林
出版有限公司
BOOKMAN
BOOKS, LTD.
Tel: (02) 365-8617
Fax: (02) 365-3548
郵撥：01145704
171書林書店
台北市羅斯福路
四段 6 2 巷 5 號